碎片少年

金善美
김선미

簡郁琁——譯

目次

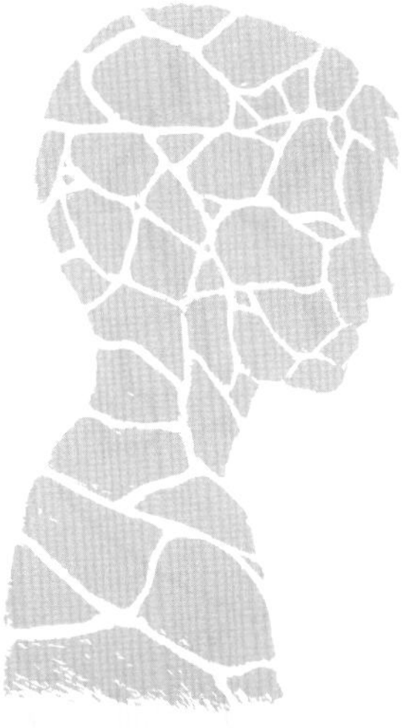

前言

世上存在著失去守護自己的力量後，形體逐漸變得模糊的人。他們基於各種理由失去存在感，遭到所有人冷落。

我稱呼他們為「薄餅」。

他們就像烤好的薄餅具有易脆的特性。薄餅很容易折斷，輕易就能掰成小塊，就算只是受到些微衝擊也會碎裂。這些被孤立於自身世界的薄餅，就這樣成了不起眼的存在。

薄餅不太顯眼，所以有時會被當成幽靈或超自然現象。我並不是指，在這浩瀚無邊的世界上沒有幽靈或超自然現象，只不過在我看來，在人們為了照片隱約拍到模糊形體而大驚小怪時，又或者在四下無人之處感到涼颼颼時，多半都是因為周圍有薄餅存在。

我能靠聲音感知薄餅。聽見微弱的呼吸聲、有氣無力的腳步聲、衣服布料輕輕掠過的摩擦聲時，我知道他們就在附近。當我感知到那些聲音，隨後就會看見他們的形貌。

薄餅的形體大致是朦朧不清的，至於朦朧的程度則視薄餅認知自己的態度而有所不同。我將薄餅的狀態分成三階段。

第一階段是折成一半的狀態。在這個階段，雖然不到看不見，但也沒什麼存在感，因此周圍的人會說：「哦？你在這啊？我都不知道耶。」他們的身體線條灰灰糊糊的，整體上並不明顯，若是視力好的人見到第一階段的薄餅，可能會覺得他們給人陰沉的印象。

第二階段是碎片狀態。就算十人中有五人就在身旁，也沒法認出他們，這意味著他們的存在感不穩定，守護自己的力量也很微弱。由於他們就像不透明玻璃牆的另一頭一樣模糊，所以就算見到他們，也常常無法辨識看見了什麼。被視為幽靈或超自然現象的情況就屬於第二階段。他們經常透過聲音來展現存在感，因此周圍的人會因為突如其來的聲響而受到驚嚇。

第三階段是粉碎狀態。因為毫無存在感，等於是在世上消失之前的階段。他們看不清楚的程度就跟透明人差不多，就連我也很難憑藉聲音找出他們。到目前為止，我只見過一次第三階段的薄餅。第三階段的薄餅向來認為自己一無是處，周圍的人也連帶著對他們漠不關心。如此一來，沒有勇氣表現自己的薄餅，就更容易陷入對世界隱藏自身存在的惡性循環。

就我至今的觀察，薄餅的階段隨時都在改變。對自己的認知會在一天內經歷多次崩塌又重建的過程。當然了，也有人用堅實的盾牌守護住自己，完全沒有變成薄餅。

薄餅無處不在，且任何人都可能成為薄餅。樓上的孩子肯定也變成了薄餅。那天夜裡從樓上傳來的微妙哭聲，百分之百與薄餅有關。

我當然得承認那時我的狀態不好。畢竟我在聽見哭聲之前，是因為發生了令人不愉快的狀況而窩在房裡。每個人不是都會有那種時候嗎？感覺陽光像在嘲弄我，我的人生過於微不足道、顯得一無是處的日子。

醫生拿我的狀態來做文章，要我承認薄餅是我想像的產物，如此一來，至今令我混淆的一切就會立即恢復原狀。換句話說，就是要我承認薄餅不存在的事實並舉白旗投降。究竟為什麼要我住進不相信患者的醫院啊？

大概是因為我鬧個不停，主治醫生那個庸醫老頭提議，如果我肯老實寫下我擅自闖入樓上住家的理由，他就會斟酌合理性並考慮讓我出院。

非出院不可。我必須搞清楚樓上那男人在警察背後露出的詭譎微笑意味著什麼，還有當時為什麼薄餅要放棄逃脫的機會。此時可以肯定的，是薄餅需要協助，或許性命還可能有危險。

因此我匆忙寫下這篇文章，哪怕這些文字最終讓我發現自己錯了，也沒關係。

補習班風波

該從哪裡說起好呢？嗯，還是從那個星期四開始吧，因為是從那天起，我無意間做的幾件事交織在一起，才造就了一段孽緣。就讓我回到出院大約一週後，仔細說說這段時間發生的事吧。

曾經長時間離家的人就知道，返家只要一個禮拜就能跑完所有特別的行程，時間還有剩。與好友們久違地碰上一面，聊聊近況，才發現高中生的日常總是大同小異。為了紀念上高中後迎來的第一次暑假，我特別獲准出院，但大家都忙著補習或打工，別說是來場刺激十足的友情旅行了，連要見個面都得配合朋友們的行程。

但也不是說我就閒著沒事做。我也很忙的。媽媽一聽說我要出院的消息，就事先報名了英語補習班。依照媽媽的說法，我是沒辦法在韓國生活的。

因為我老是進出媽媽口中的療養院、爸爸所說的「那個地方」。從爸媽不說「神經專門精神治療中心」這個正式名稱看來，似乎是認為接受精神科治療會成為我未來的巨大絆腳石，但我的未來早已布滿絆腳石，也不差這件了。

光我接受的聲音治療就有三項：聲音強迫症、聽覺敏感症、聲音恐懼症，只要想像有個突然被丟到世上的新生兒，一頭霧水地受到聲音的襲擊，就能輕易理解我的病了。當我面對聲音的襲擊卻束手無策時，世界就會變得異常扁平，讓人喘不過氣來。

更糟糕的是，意識到聲音時，並沒有明確的標準可遵循。標準會根據當下的心情或狀態改變，有時鐘錶指針會變成一種噪音，但有時就算經過施工現場也絲毫不覺得嘈雜。

根據庸醫老頭的診斷，是壓力造成神經系統負荷過重，雖然荷爾蒙治療有幫助，但想對發出惱人聲音的人事物進行報復的強迫行為，卻難以靠藥物澈底治癒。

總之我進出精神治療中心的事是個祕密，至於我的身分則被包裝成隨時會到美國東部某處進修語言的學生。每次我出院時，媽媽就會對周圍的人說，兒子為了能說一口流利的英語，去了國外短期進修，或者是當了幾週交換學生才歸國，再不然就是說我在國外親戚家悠閒度完假回來。

媽媽還不知道真相，但非常了解我的人都明白那不是事實。媽媽是在白費力氣編造我的背景，不過我也沒打算阻止她就是了。

「既然是去進修語言，不是應該懂點英文嗎？」

媽媽一邊觀察我的表情，一邊提議希望我去上英文補習班時，我也沒有反對。媽媽有她自己要顧及的面子，因此我盡可能地裝成模範生。這樣總比讓媽媽洩氣要好吧？總之基於這個原因，我也在那個星期四去了英文補習班。

走出家門前，我戴上耳機，以低音量播放了古典音樂，隨即有種與世隔絕的感覺。我到現在還在用耳塞式有線耳機，因為它是根據耳朵形狀訂製的，可以有效阻隔外部噪音，也因為要是換了耳機，就會無法適應細微的聲音差異。我帶著既輕鬆又孤獨的心情，慢慢走向距離三個公車站遠的英文補習班。搭公車很涼快，但我討厭跟其他人擠來擠去，所以決定步行。

就在我想設定重複播放而解除手機鎖定螢幕時，好幾台機車發出巨響經過。機車多達五台，發出足以震破鼓膜般的引擎聲。馬路是這些傢伙開的嗎？我按捺想跟上去報復的衝動，感覺體內有什麼在冒泡沸騰。

到了補習班，我在自動販賣機買罐可樂後進了教室。德煥舉起手迎接我。德煥是我從幼兒園到高中都同進同出的死黨，功課非常優秀，從來不曾變成薄餅。光憑成績穩居全校前三，他在學校的存在感就很明確，再加上德煥也認可並熱愛自己，想必往後也不會有變成薄餅的一天。

我坐在德煥前面的座位，拿掉耳機後，聽見了拉椅子的聲音。這兆頭不太妙。人多的地方本來就難免會有各種噪音，但即使考慮到這點，補習班仍然可以說是「讓人神經緊繃的聲音集合體」。就連輕輕推一下書桌或突然開門的日常聲音，在必須安靜專注的教室內，都會變成令人煩躁的噪音。其中我最無法容忍的，就是按原子筆的喀噠聲。反覆按壓原子筆這個微不足道的動作，偶爾會讓我的理智斷線。

我想建議那人，如果是下意識地做出這種動作，要不要改成咬指甲或用指尖捲髮絲之類不會對他人造成困擾的習慣——特別是想對坐在第二排長得像倭黑猩猩的傢伙提出建議。上課還不到五分鐘，他就開始**喀喀喀**按壓原子筆，至今已經持續了半個小時。除非衝出教室，否則就無法忽略這個不管他人的麻木行為。德煥似乎也覺得惱人，咳了幾聲提醒那傢伙，但他的動作依舊沒有停止。

別去在意，專注在英文老師的發音上吧。越是如此下定決心，聲音就越像是在扎耳蝸似地竄入，直接襲擊太陽穴。雪上加霜的是，意識到喀噠聲之後，接著轉筆的聲音、口水吞嚥聲，甚至是英文老師的笑聲都讓人感到刺耳。我卯足全力忍耐，硬是壓抑住想立刻衝出教室的衝動。

總算到了下課時間。**喀**，倭黑猩猩從座位上站了起來。他跟長得像紅毛猩猩的傢伙互相推來推去、往門的方向走去時，我就開始感到不安了，結果倭黑猩猩失去重心，前臂撞上了後方書桌上的保溫瓶。飲料灑了一地，書桌的主人驚慌失措地趕緊抽身。

「搞什麼？原來有人啊。你從什麼時候在那的？」

倭黑猩猩冷笑了一下，也沒道歉就走出門外，只剩書桌主人被孤零零地留下。教室彷彿什麼事情也沒發生似地再度喧嘩吵鬧，書桌主人似乎覺得很丟臉，滿臉通紅地拿出手帕擦拭褲子和地面。我則是皺著眉頭，直勾勾地盯著那位同學。他的形體確實變模糊了。

「怎麼了？」

「有薄餅。」

德煥推了推眼鏡，把眼睛瞇成一條細線，注視著那位同學所在的方向。

「誰？他喔？他是薄餅？」

「嗯。」

「這就奇怪了。你不也認識他嗎？跟我們同一間國中畢業的。」

「完全不知道耶。現在也跟我們同校喔？」

「高中不一樣，他大概去了比較遠的學校。他國中時不是被校園霸凌得很慘嗎？可是現在卻變成薄餅，真教人意外耶。」

可以理解為什麼德煥感到訝異。就算國中時被排擠，自尊心低落的狀態下，那位同學也沒有變成薄餅，或許是因為他在高中經歷更嚴重的欺凌吧。

「是第幾階段？」

「第一階段。」

多數薄餅都停留在第一階段。只要家庭、學校、社會上至少有一人以上持續給予關心，就能透過緊密連結維持住守護自身的力量。就算在學校或補習班遭到排擠，只要能在家庭內獲得支持與力量，就不會進入第二階段或第三階段。

因此，在薄餅第一階段，如何救活尚未熄滅的自尊心火種就很重要。

「要帶他去基地嗎？」

基地是我們為了幫助薄餅恢復自尊所打造的祕密基地。說要帶薄餅去基地，就等於是做出約定，要幫助那人直至自尊心鞏固為止，因此通常不會輕易帶人過去。

「不，再多觀察一下。」

我拉起帽兜戴上。目前我沒打算幫助那個人，倒是想對引發噪音、無禮對待薄餅的倭黑猩猩進行小小的報復。聽到我說自己狀態變差要先回家，德煥拋下「成齊聲，報仇是不好的」這句話，率先走出了教室。他是預測到我接下來的行動才先迴避了。

我假裝在經過書桌之間時揹上書包，把書包往倭黑猩猩的書桌一掃，課本和原子筆瞬間嘩啦啦掉在地上。我把課本再次放回書桌上擺好，也把我喝到一半的可樂放在旁邊，至於倭黑猩猩使用的原子筆，則是握在手上，就這麼走出了教室。

看到了頭髮分線明顯的倭黑猩猩。他與紅毛猩猩及不知從哪冒出來的另外三人把機車鑰匙拋向空中再接住，在走廊上笑得很狂妄。他們可能是運動社團的，寬綽的肩膀看起來充滿威脅性。幸運的是，垃圾桶就在倭黑猩猩旁邊，我故意把從教室拿出來的原子筆夾在手指上旋轉，走到垃圾桶前。

好好跟它告別吧。

跟倭黑猩猩對上眼的那一刻，我把原子筆丟進了垃圾桶。我對這群可笑至極的傢伙露出微微一笑，內心還不忘送他們幾句吉利的話。

把零用錢存起來去買支鋼筆之類的高檔文具吧。希望你下輩子別成為隨便對待原子筆、妨礙其他人讀書的人類。

我覺得內心舒坦了一點，頭也不回地走下階梯。如今回想起來，我應該轉身好好看一看倭黑猩猩的臉，牢牢記住他的特徵才對。當時沒想到，我將原子筆丟進垃圾桶、把喝到一半的可樂放在桌上的小小報仇舉動，會跟那人結下剪不斷的孽緣。冤家是有仇必報的性格，怎能靠初次見面就知道呢？而且我也不知道原來自己是那麼顯眼的人。因此，我完全沒預料到幾天後會發生什麼不幸的事，只天真地以為既然已經報了仇，今晚應該可以睡個香甜好覺，一邊走到街上。

身為翹課的傢伙，就這樣回家似乎對媽媽很失禮，所以我就漫無目的地在街上遊蕩到晚上。我配合補習班下課的時間，理直氣壯地打開玄關大門時，卻意外地發現阿姨在客廳。

「我們帥氣的外甥，現在才回家啊？出院後可以經常看到你那張好看的臉，阿姨覺得好開心。」

阿姨一邊說著令人肉麻的話，一邊用吸塵器吸起爸媽的婚紗照相框碎片。

「阿姨為什麼在用吸塵器？相框怎麼碎掉了？」

「姊姊打破的。」

「為什麼？」

「為了大人的問題。」

阿姨冷靜地做出說明。在人權團體工作的阿姨會接到無數通諮詢電話，最近她接到關於職場上司的諮詢來電，對方表示自己向人事部揭發上司對自己死纏爛打的事，上司卻說自己只是以職場前輩的身分提出職場忠告，好為自己脫罪。而那個職場上司正是我父親，也就是阿姨的姊夫。

「世界很小吧？」

活在很小的世界的阿姨把這件事告訴自己唯一的姊姊之後，姊姊的丈夫被緊急召回，而結果就是在客廳散落一地的碎片。

「現在兩人在臥室裡進行第二次大戰。」

過了幾秒，媽媽拉高的嗓門與爸爸辯解的聲音傳來。房內不時傳來哭聲，可知兩人之中至少有一人在哭。

「那現在兩人是要離婚嗎？」

這已經不是父親第一次發生醜聞了。四年前，他贊助了某個經營購物中心、「自稱」演員的女性，後來被發現，父親則抵賴說自己只是出於生意關係給予協助。

「贊——助——？」

根據當時也在場的阿姨說法，媽媽說出這兩個字時，音調拉得比阿姨四十年來聽過的任何詞彙都要長，說完之後，她朝不斷求饒的爸爸後腦杓甩了一巴掌，同時還宣告以後絕對不會再省吃儉用。省下來能做什麼？反正錢還不是這樣白白流掉？

自那之後，媽媽把情感寄託在電視購物上頭。她似乎是下定了決心，反正錢都會流出去，那就由自己全部花掉，每天都會買點什麼回來。表面上原諒爸爸之後，媽媽在吃得並不多的狀況下，每年持續發胖。媽媽的身材本來就偏圓潤，自從爸爸發生醜聞後更是變本加厲。

站在我的立場上，媽媽就算變成體型龐大的河馬也無所謂——只要健康沒問題就好。阿姨的身材要比媽媽胖上兩倍，但還是過得很好。差別在於阿姨是幸福地享用美食才發胖，媽媽卻是因為慘遭背叛後感到空虛，整個人才胖了一圈。就算購買再多物品也無法填補內心的空虛，這樣的情感缺口導致媽媽的身材往橫向發展，因此這一次澈底揭開傷疤並做個了斷，或許對媽媽來說更好。

「阿姨，您今天要睡在這裡嗎？」

「大概有困難。雖然不是我慫恿的，到頭來卻像是我在打小報告，才惹出這事，我要怎麼在這裡過夜？我收拾完這個就走。怎麼了嗎？」

「只是希望您今天能陪著媽媽。」

「今天還是讓兩人徹夜吵到頭破血流算了，你最好也別在家。你要不要待在阿姨家，直到爸媽有結論為止？」

「沒關係，我有地方可以睡覺。」

我對阿姨露出訓練有素的笑容，走進房裡，把行李放進旅行背包。早知如此，出院後就不要整理行李了。我嘆口氣，望向掛在牆上的風景畫。

我始終夢想著田園詩般的風景。在蔚藍天空流淌的朵朵白雲，隨風變換方向的風向儀，以及在那之上，偶爾有小鳥飛過的寧靜風景。一直以來，我的內心都默默憧憬著，希望能住在庭院裡有各種花朵隨著季節盛開又凋零、不管望著哪裡就只有風聲，其他什麼都聽不見的大自然之中。

但是我現在所在之處卻與祥和優美的風景差了十萬八千里。爸媽的臥房再次傳來激烈爭吵，我把氣嚥了下去，打電話給孝真。

「說吧，over！」

「我今天好像得去基地一趟，但鑰匙在哪？」

「你又被你爸逼迫了嗎？他叫你再進醫院嗎？」

孝真和德煥一樣，都是我幼兒園同學，她也是被我拯救的人。當時孝真處於薄餅第三階段，是將自己逼入絕境，即將從世界上消失的存在。

對薄餅一知半解的童年時期，我在路上徘徊時，在陌生的巷弄遇見了被狗威脅、形體模糊的孝真。她整個人就像透明人，以至於我差點就錯過她了，但我藉由哭聲辨識出孝真。我不顧一切地跑過去，用盡全身的力氣踢開狗之後，抓起孝真的手逃跑。

現在回想起來，那天和孝真牽著手衝到街上時發生的兩個偶然根本是奇蹟，一個是遇見了從美術補習班走出來的德煥。五歲的德煥跟現在不一樣，當時視力好得很。德煥目不轉睛地盯著我身旁，然後認出了因為狂奔而累癱的孝真。就在德煥詢問這人是誰的瞬間，孝真的輪廓就像用蠟筆塗了好幾層似的，稍微變得清楚一些。

我和德煥各牽著孝真的一隻手，送她回家。在豪華氣派的正門口遇見孝真父親也純屬偶然。假如孝真跟平常一樣獨自回家，她父親有很高的機率會對變透明的女兒視而不見。

但是那天，她跟我們在一起。可能是從緊握的手掌心感受到我們在為她加油，孝真的形體變得更清晰了。當父親喊她的名字時，孝真咚咚地跑了過去，抱住了父親。

我透過孝真得知，薄餅第三階段會遭受世界冷落，將自己困在漆黑無光的深谷中。孝真說，當我不顧危險拯救她的那天，知道有人能認出自己的事實，在她的內心點燃了小小的火苗。還有，就在父親最終喊她的名字時，她獲得了向世界展露身影的勇氣。乍看之下可能會覺得，是我、德煥還有孝真的父親把她拉回世界上，但仔細觀察就會知道，是孝真自行打破堅硬的外殼，勇敢地走向世界。

孝真鼓起勇氣，跟父親說想上跟我們一樣的幼兒園。她安撫自己自從車禍失去母親之後支離破碎的心，慢慢地堅強起來。可能是有了自信，原本的性格跑了出來，她的話也漸漸變多。如今，向世界表示關心、積極做出反應成了孝真的武器。此刻，話多且愛管東管西的孝真正要發揮她的拿手絕活。

「怎麼了？為什麼要在基地睡？該不會是被當出氣筒，所以打算離家出走吧？」

「不是啦，妳別亂猜。」

「不是就好。來的時候幫我買點壽司，那我就給你鑰匙。」

「我是什麼餐車嗎？妳叫德煥買啦。」

「德煥在補習班啊。我身邊的人，在這時間玩耍的人就你一個。」

「不管啦，反正我七點前會到，妳先在基地幫我開好燈。」

「齊聲，我喜歡鮭魚和鰻魚，要記得帶來哦。」

完全沒在聽我說話。

我買完壽司後去了鬧區。一棟與鬧區很不搭的破舊建物佇立在街頭上，那是孝真打工的「Jin Study Room Café」。一共五樓的建築物裡頭全都是讀書室，是孝真父親經營的。不對，應該看作是投資才對。叔叔打算，就算是明天也無所謂，只要情況允許就處理掉這棟建築物，即便咖啡廳招牌的「Y」字掉下來，變成「Jin Stud Room Café」也不以為意。最近的新型讀書咖啡廳，只要使用時間到了，就會傳送訊息通知，但這裡到現在還是用內線電話告知。在一樓櫃檯工作的孝真胸懷大志，心想有一天繼承這棟建築物之後要進行改造，打造成規模更大的事業體。

相反地，叔叔的想法似乎不太一樣。叔叔是個現實主義者，不會無條件把事業繼承給孩子。要是孝真能以優異成績從首爾頂尖大學的企管系畢業，他才會考慮將部分事業交給孝真。事實上，咖啡廳只是叔叔事業的一小部分。想要考進首爾地區的大學企管系，功課得夠好，但孝真唯獨擅長體育。儘管如此，她也絲毫不氣餒，說要學習實戰經營，在讀書咖啡廳做起兼職工作。

走進入口，就看到孝真正在把可樂放進大廳的營業用冰箱。

「出氣筒，你來啦？」

我用膝蓋撞了孝真一下，接著從冰箱拿出一罐冰冰涼涼的可樂，打開瓶蓋。

「靠，不要喝要拿來賣的飲料。」

碳酸衝上腦門，腦袋頓時揪了一下，稍早前在家中感受到的鬱悶感覺消退了一些。

「我看你要創下最快喝完可樂的金氏紀錄囉。就趁創下金氏紀錄時順便把冰箱剩下的飲料補滿吧。」

孝真一把劫走我手上的壽司，快速溜進櫃檯內。

「這妳的工作耶，妳自己做。」

「不是我的工作，是昌聲哥的工作好嗎？」

昌聲哥是孝真的表哥。孝真的姑姑眼見兒子已經當了好幾年的無業遊民，實在看不下去，便像丟包袱似地把他託付給叔叔。昌聲哥貌似無心認真學習經營咖啡廳，動不動就跑出去當保全人員、電腦線路安裝人員、運動用品業務員等，但每份工作做不了幾週就換了，等到生活費花光才回來短暫幫忙一下咖啡廳的工作。

「他又把工作丟給妳，自己跑掉了？」

「別提了。工作也就算了，最近他好像連房租都沒交，偷偷跑進我們基地住，我為了藏鑰匙可是傷透腦筋。」

經我觀察，昌聲哥好像還拐騙自己的表妹孝真，敲詐她的零用錢。真可憐啊，金孝真。這個不幸的朋友，當然得由善良的我來拯救啦，不然還能怎麼辦呢？

「我大人有大量，就替妳放了。」

我一邊老王賣瓜、自賣自誇，一邊替她把可樂罐都整理好，才走進了櫃檯。孝真把壽司擺在櫃檯置物櫃上，用鼻子哼起歌。

「妳到現在都在這裡吃啊？我看妳會消化不良。去休息室吃完再來吧。既然都要幫了，我就加贈替妳看顧櫃檯的服務吧。」

「我有練過的，沒關係。你也趕快坐下吧。」

孝真已經替我拿出折疊椅，我只好在她旁邊坐下來。面對正門並肩坐著吃壽司讓我消化不良，孝真快速地把自己那份吃完後，又伸手染指我還沒碰的蝦壽司，於是我用筷子阻止她。孝真瞇起了眼睛。

「你今天有點『飄撇』喔。」

「我哪有難搞？是妳打算吃掉我那份才這樣。妳別那麼貪吃。」

「『飄撇』在方言是帥的意思。你就別浪費自己那張臉蛋，去開個instagram帳號吧？感覺你馬上就會變網紅了。」

孝真出生在首爾，卻很喜歡說方言，她認為那才有自己的個性。

「巴結我也不給妳。今天過得不順，得填飽肚子才行。」

「發生什麼事了？」

我沒辦法說我爸到處發揮人間大愛，搞得全家四分五裂成了一盤散沙，所以默默吃著壽司。孝真掐著我的脖子晃動，要我趕快從實招來，害我差點就把壽司噴出來。就在這時，有客人進來了。孝真鬆開掐住我脖子的手，鄭重地接待客人。

「您好，請問有預約嗎？」

「預約？沒有耶……」

「那您要幾人房？」

「幾人房？……兩人。」

男人的T恤領口鬆鬆垮垮，一頭亂蓬蓬的頭髮滑到額頭，而且渾身散發出酒氣。

「請稍等，您要使用幾小時？」

「兩小時左右？」

「好的，需要先付款，兩小時是一萬元。」

付清費用後，男人說要鑰匙。

「房間是打開的，直接走進去就行了。」

露出懷疑眼神的男人搭電梯上樓了。我忙著注視那個男人，一時大意，孝真趁機把我的蝦壽司整個夾去吃掉。

「他好像喝了酒耶，讓他進去沒關係嗎？怎麼看都不像來讀書的人。」

「不可以對客人抱持偏見。」

就在我打算反駁之際，內線電話響了起來。孝真清了清喉嚨，接起電話。

「這裡是櫃檯。客人，我聽不清楚您的聲音，能不能請您說大聲點？什麼？您問為什麼沒有床？您在說什麼呀？沒錯，是Room Café[1]，Study Room Café。奇怪了，您為什麼罵髒話？什麼？你這人在說什麼啊？請立刻離開房間。欸！喂？」

孝真氣呼呼的，粗魯地放下話筒，接著從置物櫃上拿出綠色運動褲，套在黑色長裙底下。我很尷尬，不知道該把視線放在哪才好，所以放下筷子別過頭。我還在難為情的時候，孝真已經將裙子披在椅子上。

「妳打算闖進去？」

1 原是韓國咖啡廳內有簡單包廂的空間，但近年來出現房間另外設置獨立的門、密碼鎖、鋪設床墊與設置衛浴設備的密閉型「變種Room Café」，成了青少年吸菸飲酒、發生性行為的死角地帶。

「那種沒品的人就應該教訓他一下。」

「要是他傷害妳的話，妳打算怎麼辦？找管理停車場的大叔一起去吧。」

孝真用手指戳了戳我的臉頰。

「別看我這樣，我可是打工五個月了。」

「跟那有什麼關係？」

「甭操心，繼續吃你的壽司吧。」

孝真舉起倚著牆面放置的棒球棍。

「妳打算拿棒球棍做什麼？」

「我自有計畫，你可別跟過來。」

她可不是那種會聽勸的人。孝真把棒球棍扛在肩上，跨出有力的步伐踩上了階梯。我心想著該如何是好，從櫃檯置物櫃上翻出一瓶殺菌噴霧拿在手上。我另外帶了瓶礦泉水，要是苗頭不對，還可以往那人身上潑。

我按住電梯的開啟鍵，逐層確認孝真在不在。正當我想著她會不會已經進讀書室，便在走廊上聽見了孝真的聲音。是三樓。孝真站在走廊盡頭，拿著棒球棍激動地敲打門板。門似乎鎖上了。在一旁看好戲的客人們見到我經過，匆匆關上門。

「請您先開門，趁事情還沒鬧大之前。」

孝真像是要把門給拆了似地大力敲打，隨後就聽到房內傳來男人的低聲嘟噥。音量很小，孝真雖沒聽懂，但很明顯是髒話。

「他說什麼？」

「他罵了髒話。」

孝真的怒氣直衝腦門，舉高棒球棍往門把敲下。**鏘！鏘！鏘！鏘！**在門把被打個稀巴爛之前，我的聲音恐懼症就先復發，感覺快呼吸不過來了。我趕緊抓住孝真的手腕。

「妳快把無辜的門給拆了。客人們都在讀書，安靜解決吧。有備份鑰匙吧？妳下樓拿來！」

「對耶，有備份鑰匙。客人！還請您先做好一開門就讓顏面掃地的準備吧。」

孝真握著棒球棍，迅速走下樓梯。確認孝真的身影從視線中消失後，我輕輕地敲門。就算精蟲衝腦好了，客人畢竟是客人，為了咖啡廳的形象著想，我決定出手幫一把。

「那個，剛才大吵大鬧的人啊，是就算自己腦袋被敲破了，也會跟客人硬碰硬的性格，還有她哥哥是這一帶的混混，要是知道您跟他的寶貝妹妹槓上，您可能會被拖去山上埋掉。與其開門後被打得頭破血流、丟盡顏面，您還是盡快道歉離開這裡吧。」

裡頭沒有回應，某個房間則是傳來一句「喂，安靜點行不行」。看來男人沒打算開門。

一轉眼，孝真已經一邊甩著備份鑰匙一邊跑來。動作可真快啊。

「客人！我終於把備份鑰匙拿來了。現在請讓我瞧瞧您那得意的臉吧。」

就在備份鑰匙貼近門鎖的同時，門從裡頭猛然打開了。男人的目光閃過了戒備的光芒。剛才都沒發現，原來他的下巴還有像被刀子劃過的傷疤。孝真把棒球棍從左手換到了右手。

「您是搭時空機器來的嗎？現在都什麼年代，還有人在神聖的讀書咖啡廳找床？」

男人似乎喘不過氣，拉了拉自己的T恤領口，領口又變得更鬆了。

「被招牌誤導了……」

男人少了剛才飆髒話的氣勢，語氣變得很溫順。

孝真這才放下棒球棍。可能是因為聽覺過敏症復發，就連男人吞嚥口水的聲音聽起來都特別響亮。

「不過，妳好像是學生耶。是學生吧？」

「我是打工的。」

聽到對方問說是不是學生，孝真給了牛頭不對馬嘴的回答之後，態度倒是很理直氣壯。

男人貌似想大發牢騷，但可能意識到周圍氣氛很安靜，沒再開口，而是從我身旁經過，打算走向電梯。

「等一下。」孝真邊說邊抓住男人的手臂，男人的肩膀瞬間縮了一下。孝真在運動服的口袋內翻了翻，拿出一萬元。

「既然您沒有使用讀書室，我把費用還給您。」

見男人遲疑不決，我做出手勢要他收下。男人收下錢之後，搭上電梯，我和孝真也離開了乾咳聲此起彼落的走廊，走樓梯下樓。

「妳居然把錢退給鬧事的人，真是大人大量。」

「因為規定有說沒使用讀書室就要退錢。」

「所以妳也是按照規定打算用棒球棍解決？」

「我們的出氣筒都在醫院被保護得好好的，可能不知道這世界是怎麼運轉，不過這年頭啊，很多人是不會因為你好聲好氣就乖乖走出去的。甚至有比我們年紀小的孩子們，因為招牌少了『Y』一個字母，以為這裡是Room Café，湧進店裡威脅我把酒交出來的。真是讓人傷透腦筋，大家都以為只要有錢，自己就是老大了吧。」

我的腦袋馬上就想像出孝真用腳踹那些要酒的國中生屁股，把他們趕出去的模樣。

「不過，你本來打算用殺菌噴霧和礦泉水做什麼？」

我這才想起自己手上一直拿著殺菌噴霧和礦泉水。這下可要出大糗了。我按了按殺菌噴霧往空中噴灑，這時孝真用力拍了我的背部一下。

「哦，那是怎麼回事？」

稍早前還好端端地放在大廳角落的棕竹盆栽被人給翻倒了，很久沒看到孝真氣得直跺腳了。

「吼，剛才就應該把他打得半死的！我不該把錢退還的。被雷劈死吧你！長得像章魚的傢伙。」

或許是孽緣吧，過了一段時日，孝真再度與男人牽扯上了，而我也不例外。早知如此，我才不會讓男人就這麼走掉，可是又如何能未卜先知呢，我們又不是神。

要是發覺我幫了男人一把，孝真可能會視我為大逆不道的罪人，所以我先裝個樣子，趕快上前去把翻倒的盆栽整理好。

「我都清好了。哎呀，好累啊，這一天可真長，趕快把基地的鑰匙給我吧。」
「你今天這麼辛苦，就讓你悠閒地休息到明天上午吧，因為這裡十一點營業。」
「我要去補英文好嗎？」
「知道啊，但你不是要翹課嗎？」
她對我真是無所不知。
「睡覺前記得把門鎖好。」
我舉起手跟孝真道別，搭上電梯後在五樓出來，走上階梯。基地位於建築物的頂樓，打開鐵門後，便出現視野開闊的頂樓空間，眼前有溜滑梯、單槓、翹翹板，打造得跟遊樂場一樣。基地是叔叔為了讓我們在大人能看到的地方盡情玩耍，精心替我們布置的空間，所以留下了很多我們從小玩的遊樂器材。
你可能會好奇，對聲音這麼敏感的我，能舒舒服服地待在鬧區大樓頂樓的基地嗎？的確，第一次來時我無法適應，甚至感到頭暈目眩，但現在大概就只有輕微頭痛。偶爾會有種頂樓變得扁平的錯覺，但也有完全忘了自己身處鬧區的時候。今天又會怎麼樣呢？體驗過後，自會分曉。
走進漆成藍色的貨櫃屋，看見耳塞、藍芽喇叭跟紙條一起放在桌面上。

如果吵到受不了，就拿來用吧。

如果把我的人生畫成一幅畫，孝真就會是尋找隱藏圖案時，最容易找到的答案。不是很顯眼，卻最先被看到。她就是躲在一旁，為了不讓我的人生出錯而發揮影響力的人。

正因為如此，當那天的事情把孝真給牽扯進來、導致她受傷，我到現在還後悔得要命。

搬家風波

隔天發生的事，至今想起還是覺得很荒謬。

咖啡廳開始營業前，我離開基地回到了家，發現媽媽正把行李放進旅行袋。終於要離婚了嗎？我一直認為爸媽遲早會去追尋各自滿意的人生，因此並沒有太意外。如果問我要跟著誰，我會說自己已經到了可以獨立的年紀。我下定決心後，喊了背對我的媽媽一聲。

可是令人錯愕的是，轉頭的媽媽一臉興奮。媽媽說，今天全家要立刻出發去濟州島避暑，還要我趕緊收拾四天份的行李。吵架之後竟然不是決定要離婚，而是去旅行？雖然不知道這個決定是出自誰的腦袋，又有什麼樣的前後脈絡，但確實不是個普通的決定。

「不是要離婚嗎？」

「離婚？為什麼要離婚？誤會都解開了。」

這一次爸爸也沒被媽媽拋棄。運氣真是出奇的好。

雖然不知道是否該慶幸爸媽沒有要離婚，但說要一起去濟州島卻是個不折不扣的災殃。只要想到每次抵達一個濟州島觀光勝地，爸爸就會一邊說「你這小子……」一邊挑我毛病，還沒出發就已經累了。

我宣告不去旅行，媽媽則哄勸我，家族旅行無論如何都不能缺席。就在雙方僵持不下之際，媽媽很奸詐地向爸爸打了求助電話。手機那一頭傳來爸爸發火的聲音，就算不仔細聽，那些不想聽到的話還是像細針一樣刺入耳朵。聽覺過敏症就是這點不好，這是最適合被傷害的疾病了。媽媽一邊觀察我的臉色，一邊很不自然地背過身去，假裝聽不清對話，走到了陽台。

波光粼粼的漢江映入眼簾，爸爸對於住在能看到漢江的公寓感到十分自豪。表面上是因為能夠俯瞰漢江，盡情享受悠閒時光，但當然了，爸爸的內心盤算的是，光是講出居住在哪裡，就等於隱約在炫耀自己功成名就。

「哎呀，不必說到那個地步吧……」

我聽見媽媽表示為難的語氣。與其讓爸爸把兒子叫成「你這小子」的聲音傳進耳裡，還不如吸入廢氣、搞砸健康，所以我打開了窗戶。比起風聲，機械聲率先迴盪於空氣中。

就在雲梯車搭在樓上陽台的時候，我心想著：「是有人搬家嗎？」抓著欄杆往下看，看到了搬家公司的卡車。今天最好盡量往外跑，等到搬家的行李都整理完之後再回來，對精神健康比較好。在聽到一個阿姨兇巴巴地衝著雲梯車的師傅大吼：「喂！」之後，我關上了陽台的窗戶。

這段時間內，媽媽似乎已經結束通話，坐在沙發上。從她沒有把電話遞給我就掛斷看來，兩人似乎達成了要出門的協議。媽媽把爸爸脫口而出的話，從辛辣版轉換成非常溫和的版本後傳達給我，說作為一種出院紀念，獨自待在家裡對我也有益處。只要不見到爸爸，我就不會有壓力，所以我同意了。媽媽依然顯得不太滿意。我擔心自己又會被拖去參加家族旅行，所以先假裝順從，小心翼翼地退了一步。

「就請兩位在濟州島溫馨地享受戀愛時期的心情吧。」

媽媽在這方面似乎也跟我一樣不抱太大期待，隨即轉換了話題。

「你的飯怎麼辦？」

「別擔心，我會自己處理的。」

「可是……」

「媽！我還要去補英文。」

這句話猶如魔法，能擺脫世界上所有父母的嘮叨，當然在我媽身上也很管用。

「你幾點要去？媽媽五點要出發去機場，你在那之前會回來？」

「應該會晚回來，因為樓上有人剛搬來。」

這時正好撞見雲梯載著冰箱往上升的情景。

「你出院前還吵著說要施工，結果拖到現在才搬過來。」

媽媽嘆了口氣後，從皮夾中拿出信用卡。

「需要時拿去用。」

接過媽媽信用卡的那一刻是最幸福的，畢竟「需要時拿去用」這句話不管用在什麼時候都帶有正面意思。我做完簡短有力的道別後走出了家門。一邊心想著要不要趁這次機會來闖一次大禍，把先前看中的運動鞋給買下來，一邊走出了大門，這時卻傳來一陣尖銳的喇叭聲。

搬家公司的卡車附近停了一輛賓士。聽到喇叭聲之後，搬家公司的工人跑向賓士。阿姨傲慢地指責工人卸下家具時不小心謹慎一點，工人隨即低頭賠不是，說自己會注意。等工人回到卸貨的地方後，阿姨便雙臂抱胸瞪著他們看。接著不到一分鐘，喇叭聲再度響起。**叭！叭！**按喇叭的行為，似乎是看搬家過程不順眼所做出的表示。

真沒品耶，是覺得這棟大樓的住戶都聽不到喇叭聲嗎？

雖然內心興起想替這個祥和正義的世界報仇的念頭，但我確認周圍沒有薄餅後就放棄了。就別多管閒事，讓自己的處境變得為難吧。我改變主意後，戴上了帽兜。

就在我剛來到大馬路時，蹲在商店前的某人突然跳出來叫住了我。

「成齊聲！」

轉頭一看，是昨天在補習班看到的薄餅。他的輪廓變得比昨天清晰，已經恢復到乍看之下分不清是薄餅的程度了。見我沒有回應，直盯著他看，薄餅怯生生地走過來。

「你要去英文補習班吧？別去，他們在找你。」

「他們？」

「那些惡霸。他們知道你昨天偷了原子筆之後很火大。啊！不是我說的，你、你可別誤會。」

被逮到了啊。可是，區區丟掉一枝原子筆，就殺紅了眼找我，枉費倭黑猩猩長那麼大一個塊頭，心眼卻只有一丁點。也罷，反正過幾天他就會忘了，風波也會慢慢平息吧。沒辦法，今天又得翹課啦。

「我不會誤會，不過你就為了講這句話一直在等我嗎？」

「哦？嗯……」

「為什麼？」

「沒、沒為什麼。」

「這大熱天的，卻沒為什麼？」

薄餅可能覺得我是在質問他，目光落到了地面。見到他蜷縮的肩膀，我突然有種先前似乎見過這副模樣的既視感。是在國中時見過嗎？我這才想起德煥的話，說他是校園暴力的受害者。

我看著薄餅被汗水浸溼的肩頭，然後向他提議，如果還沒吃午餐要不要一起吃漢堡。一聽到是我請客，薄餅倒是露出了警戒心。說不定他的腦袋正張開了想像的羽翼，以為我會用好聽話把他帶到什麼陰森僻靜的地方。為了增加信賴感，我盡量有條有理地說明：

「第一，我討厭一個人吃飯；第二，因為我有媽媽的信用卡。這樣應該構成一起吃飯的理由了吧？」

當然我還有沒說出口的第三個理由，就是我好奇他是怎麼成為薄餅的。

薄餅看起來並不想去麥當勞，所以我們去了Subway。我點了B.L.T蔬菜捲餅和可樂套餐，薄餅點了沙拉，並用保溫杯裝了柳橙汁。薄餅的話少到不行，我的可樂都續杯兩次了，勉強打聽到的情報仍只有下面這樣：

薄餅的名字是徐道柱，是有吃乳製品、雞蛋、海鮮、魚貝類的素食者。道柱說自己成為「魚素主義者」，是為了減少溫室氣體。溫室氣體，這是在說什麼？道柱似乎是讀懂了我的心思，像在告解似地說出畜牧農業產生的溫室氣體排放量大約占全體百分之十四點五的事實。他說這是聯合國糧食及農業組織統計的數據。道柱解釋，吃的肉食越多，地球暖化的主犯「溫室氣體」就會產生更多，造成氣候變遷，一旦氣候變遷發生，森林就會遭到破壞，那麼糧食或水就會變得匱乏，導致水質惡化。

「好久沒說這麼多話了，真難為情。」

話少的孩子很容易被同儕團體排擠。雖然因為沉默寡言而無法受到關注是有點冤枉，但學校本來就是這樣。相較於內向的孩子，外向的孩子更容易受到注目，甚至覺得內向的孩子相較之下比較好欺負。但就算話少，懂得表達自己的人也不會變成薄餅。道柱的邏輯清晰，表達能力也不錯，那他是怎麼變成薄餅的？

「你經常帶著保溫瓶嗎？」

「我盡量隨身攜帶，因為我不想製造出垃圾。雖然微不足道，但只要努力守護，氣候變遷不才會有一絲希望嗎？」

看來道柱很有自己的一套生活哲學啊。我們聊了很久關於道柱想成為環保運動家的夢想，後來轉移陣地去了星巴克。我在點咖啡的時候，彷彿被迷惑似地入手了保溫杯。聽完與環保有關的話題後，對於使用免洗用品不免存有疙瘩。做了平常不做的善事說不定會短命，所以我就當自己是想刷媽媽的卡才衝動購物了。

拿保溫杯裝咖啡後，我們來到街上。到目前為止對話的內容感覺還不賴，雖然馬上以朋友相稱是有難度，但能認識道柱，心情滿不錯的。不過，我想聽的話還沒聽到。我不想在他心上畫下傷痕，所以拐彎抹角地提出問題，但道柱很巧妙地迴避了。我別無他法，只好丟出直球正面對決，讓道柱無法閃躲。

「你也知道同學們看不太到你吧？」

道柱瞪大雙眼，好像並不知情。其實不知道也不意外，就算靜靜待著不動，也會有人在經過時撞自己肩膀，又或者明明在場，別人卻當自己是隱形人時，大部分都會覺得是別人瞧不起自己，根本不會想像到什麼薄餅之類的超自然現象。

「原來是沒看到我啊……我還以為是大家在欺負我。」

「比較敏感的人大概能看到你，但不敏感的人有時會看不到。很多人都這樣，不是只有你。」

「好神奇……那其他孩子也可能變成隱形人嗎？」

「不是只有孩子，大人也一樣。當自尊消失了，任何人都可能變成隱形人，雖然多半情況下只是一時的現象。」

「如果是因為缺乏存在感而看不到我，那以後也有可能永遠不會被注意到耶。」

「從世界上完全消失的例子很罕見。你在學校的存在感薄弱是事實，所以同學們有時看得見你，有時又看不見。」

「意思就是說，大家甚至對我在或不在都不感興趣吧？」

「對啊。怎麼？你希望大家對你感興趣？」

道柱咬緊了嘴唇，這好像是他感到難堪時會出現的習慣。我告訴他，如果不方便回答，不說也沒關係，但道柱緩緩地搖頭。

「……我不想引人注意，因為又會挨揍。」

道柱之所以想抹去自己的存在感，是因為曾遭受校園暴力。道柱在國二時宣告自己是素食者，卻因此引人注目而遭到霸凌。主導者是看道柱的生活方式不順眼的孩子們，他們猶如肉食動物般冷酷無情。挨揍很痛苦，但更讓人難以忍受的是辱罵與嘲諷，所以道柱進入那些加害者不會去的遙遠學校就讀。

為了不再被捲入校園暴力，道柱做出的選擇，就是抹去自己的存在感。不管是成績或運動，他都盡量維持在中段，表現優異就會引人注目，但太差也會引人注目。他和班上的同學們也都維持適當距離，不會積極跟大家打成一片。

「你是自行走入了看人臉色的生活啊，過這種生活，不覺得很無力嗎？」

「……又沒別的辦法。」

道柱為了成為不引人注目的人，自行在心上扣上了枷鎖。大概往後他也會繼續這樣畏畏縮縮吧？只要認定自己是必須從世界上抹去的存在，完全變成隱形人的日子終有一天會到來。

我注視著把保溫杯當成性命緊握手中、低著頭走路的道柱。隨處都可能看到像他一樣有著平凡相貌的孩子。雖然不起眼，但道柱有夢想，有熱情，也懷有小小的希望，就我這種眼光高的人來看，這些都不該稱作平凡。

「我有個基地，要一起去嗎？」

道柱抬起頭，這是契機即將出現的訊號。

我們爬上了Jin Study Room Café的頂樓。我本來打算，如果孝真在櫃檯就要介紹他們倆認識，結果她不在，大概不是她打工的時段。一打開鐵門，打造得像遊樂場的頂樓令道柱大開眼界。

我打開了搭有遮陽棚的涼床上的電風扇，然後從貨櫃屋拿了德煥捐贈的筆記型電腦出來。接著，我把從道柱那裡聽來的情況簡略記錄下來後，打上了「解決辦法」的標題。

道柱主要是在同儕面前沒有存在感。就連本來待他友善的同學，態度也不知道何時會有一百八十度大轉變，導致他的內心充滿了恐懼，才會在同儕面前變成隱形人。為了結交可信賴的朋友，要求他趁現在跟班上同學交流的方法幫不上忙，而破壞已經形成的班級氣氛，也可能構成引人注目的舉動。他需要在學校以外的場所與同儕溝通的方法。

「你用instagram或臉書，還是TikTok之類的？YouTube咧？」

「抱歉，我不用社群網站。」

也是，如果自信心高到能積極經營社群網站，也不會變成薄餅了。從他容易感到害羞的性格來看，建議他使用社群網站有難度。

「那線上遊戲呢？」

「抱歉。」

「不打算玩嗎？可以透過聊天結交朋友啊。」

道柱顯得很為難，之後對話也差不多在原地打轉。假如我指出一項最近流行的東西，道柱就會面有難色地推辭，就連耐心十足的我，也要被磨光了耐性。

「先吃飯再說吧。」

看到夕陽逐漸西沉，我訂了番茄奶油辣炒年糕和兩條紫菜飯捲。外送抵達的通知一響起，外送員與昌聲哥一起上來頂樓。昌聲哥向來都是運動服打扮，但今天不知下了什麼紅雨，他身上穿著西裝。就在我拿信用卡結帳的時候，昌聲哥接過外送袋，非常自然地加入我們。

「天氣這麼熱，怎麼不點個涼麵？你是齊聲的朋友嗎？」

如果想跟別人分食，禮貌上應該先取得諒解，但在這地球上就只有一個人不懂這個道理。昌聲哥把電風扇轉向自己那側，接連夾起辣炒年糕大快朵頤，連竹筷只有兩雙不夠用也不當一回事。他嫌我沒sense，點了小吃卻沒點柴魚高湯，叫我下次別忘了點。不爽就不要吃啊，但我的內心話卻傳不到昌聲哥那。

道柱輪流看著我們兩人，接著把自己拿在手上的竹筷悄悄遞給了我。我一邊推辭一邊對道柱說：

「還有竹筷，我去拿，你先吃。」

就在我打算起身去貨櫃屋拿竹筷過來時，不巧看到昌聲哥在吃的時候把辣炒年糕的湯汁滴在容器內。我的食慾瞬間全沒了。就在我一肚子氣，打算出聲說點什麼時，手機正好震動起來。德煥打電話說補習班下課後到了基地附近，馬上就會上來。如果是德煥，應該可以為道柱提供不同解答，所以我就站在涼床遠處，簡短地說明了狀況。

大致聽完有關道柱的資訊後，德煥說自己現在搭上了電梯，中斷了通話。哎呀！這下慘了，我來不及提到昌聲哥也在基地的事。昌聲哥是德煥的剋星，每次見面時，總能讓一向冷靜的德煥失去平常心，這是他的獨家本領。

果不其然，打開頂樓門的德煥發現昌聲哥的身影後，直接在原地定格，想必他的腦袋是千頭萬緒。是該回去呢，還是不回去呢？回去就等於輸了吧？即便在遠處，似乎也能讀出德煥正在苦惱。

「喂！」

昌聲哥一邊從紫菜飯捲挑出紅蘿蔔，一邊率先打招呼。德煥也沒向昌聲哥問候，就跟坐在涼床上的道柱搭話。

「我看你沒來補習班，還以為發生什麼事了，原來你和齊聲在一起啊。」

他的語氣很親切，大概是為了不讓道柱緊張吧。道柱靦腆地點了點頭。或許是感受到德煥認出他的那份微小卻溫暖的關心，整個人的輪廓變得更清晰一些。

「有幾個大塊頭在找你。」

德煥轉而看我，口氣像在傳達一件沒什麼大不了的事。

「我聽說了。沒對你怎樣？」

「我會任由他們擺布嗎？你自己小心吧。」

德煥對運動很拿手，風評也很好，想必他們不敢隨便對他怎樣。留心聽我們說話的昌聲哥一邊撕開還沒碰過的另一條紫菜飯捲包裝，一邊問：

「是誰要找我的弟弟啊？又是為什麼？」

昌聲哥喊我為「我的弟弟」。昌聲、齊聲，只因為名字同樣有個「聲」，就稱我為弟弟，真無言。

「先不說齊聲的事，哥你怎麼會穿著西裝？」

德煥拿起遙控器，把方向固定的電風扇改為來回擺動。昌聲哥沒能成功從德煥的手中劫走遙控器，就用腳趾頭固定電風扇。德煥露出了厭惡的神情。

「我去面試。」

「面試那麼多次，還不膩啊。」

「不然怎麼辦？我爸又不給我零用錢。」

昌聲哥沒有顧著吃喝玩樂，總是努力尋找工作的意志倒是值得嘉許。昌聲哥滔滔不絕地講起面試經歷，我大略聽了一下。德煥再次用遙控器把電風扇調整為擺動模式，這時昌聲哥伸了個懶腰並站了起來。他慢悠悠地朝掛著燈泡的欄杆晃過去。即使穿上西裝，他看起來仍像個不務正業的閒人。

「感覺這次能找到工作嗎？」

「面試時問了一下，薪水真的很不行。」

「還是要找個地方進去吧，畢竟也有年紀了。」

「YouTube影片就要爆紅了，所以我不急著進公司。」

昌聲哥兼任吃播的YouTuber，問題出在他吃得不多，吃相也不引人食慾，卻因為其他人都在做吃播就挑戰，還因為沒錢買食物，一點一點地敲詐表妹的零用錢，德煥自然不可能看好這件事。

「YouTube也要內容夠獨特才會爆紅，不是光有熱情就能成功的，雖然不知道你一開始有沒有熱情啦。哥！如果覺得自己沒才能，就趁現在抽身吧。」

面對德煥精心設計的揶揄，昌聲哥依然不為所動地蹲坐著，按下了燈泡的電源鍵。掛在欄杆上的燈泡亮起澄黃的燈光，頂樓瞬間脫胎換骨，搖身變成浪漫的空間。

「所以我打算換一下內容，就是我以人生前輩的身分，針對青少年該怎麼做才能讓單戀成真提供諮商。怎麼樣？是不是很有趣？」

「讓哥諮商？有誰會來諮商？」

昌聲哥做出要他交出電風扇遙控器的動作。

「你帶頭不就行了？你喜歡孝真，那我就來當紅娘幫你牽線。總比你不自量力地告白要好吧？」

沒說最後那句話就好了。德煥曾經向孝真告白，結果被拒絕了。要從尷尬的關係重新變成相處自在的朋友，需要很長的時間與讓人心酸的努力。憤怒的種子迅速生長成藤蔓，瞬間纏繞住德煥全身。他原本要將遙控器遞過去的手，改插進褲子口袋，接著踢開鐵門走了出去。

外頭的天色還沒變暗，而且很熱。德煥無意間被惹火，肯定會覺得更熱。幹了件大事的昌聲哥，這次則是一邊盯著筆電一邊插嘴：

「薄餅是什麼？是在說吃的嗎？可是要解決薄餅的什麼？」

我按下筆電的電源鍵，發出嗡嗡聲運轉的筆電關機了。我悄悄拉拉道柱的衣服，讓他遠離涼床一些，道柱因此投來疑惑的眼神。昌聲哥坐在涼床上吃紫菜飯捲，再次詢問薄餅究竟是什麼，而我則回答他，那是他一輩子都不可能成為的人，同時舉高紫菜飯捲假裝要吃，然後「不小心」把飯捲掉在辣炒年糕的容器內，辣炒年糕的湯汁剎時濺得到處都是。昌聲哥猛然跳了起來，用手去抹噴濺到西裝上的湯汁，汙漬暈染得更嚴重了。

「這要怎麼辦啦！我難得拿出來穿的耶。你給我交出送洗費！」

我把昌聲哥一個人吃完的紫菜飯捲及辣炒年糕收據輕輕地放在他手上，接著跟道柱一起離開了頂樓。我得跟德煥炫耀一下，說我回敬了昌聲哥一拳，這是我們之間的義氣。

樓層風波

砰砰聲吵醒了我，原來是樓上的住戶正在發揮跑來跑去，讓樓下的善良鄰居性情大變的絕技。

所以我才討厭社區大樓。

只知其一的人，會說社區大樓是一種不人性化、缺少人情味，連隔壁鄰居長什麼樣都不知道的建築物，但在我看來，這句話說錯了。沒有哪種建築物能比大樓知道更多關於鄰居的大小事了，因為無論是樓上樓下、隔壁又或是對面的，這是個能原封不動共享所有聲音的地方。

我躺在自己房間的床上，就能知道某戶人家的孩子學鋼琴，從拜爾學到了徹爾尼；我也知道某對夫妻長期以來吵架的原因是因為金錢、不相信彼此，又或是晚餐太過寒酸。某個年輕人昨晚喝得酩酊大醉回家後，今天一整天都在宿醉，痛苦地嘔個不停，好不容易才活過來的時間點，我也瞭若指掌。

某一戶有人咳嗽不止，彷彿快把整顆肺給咳出來了；某一戶胃腸不好的家人輪流沖馬桶；某一戶人家在深夜使用吸塵器，證明他們是雙薪家庭；某一戶從坐月子中心迎來一個新生命回家。能得知這一切的建築物就是社區大樓。

因此，居住在隔音效果不佳的社區大樓，需要包容鄰居不太高雅的習慣及不太健康的身體狀態。社區大樓本來就是不防噪音的構造，如果下定決心要當個寬容大量的人，大部分的噪音都能不去計較，只不過那個噪音必須是暫時性的、生理上的、無可避免的才行。

我躺在床上瞪著天花板，衡量著那個腳步聲是否屬於只因為是鄰居就該忍耐的噪音範圍內。鄰居已經至少跑了二十分鐘，所以不能算是暫時性的；腳步聲自然也不屬於生理現象，但我無法判斷它能不能算是無可避免。他們昨天才剛搬來，說不定是對室內裝潢不滿意，正從各種角度進行調整，但就算是這樣，也不可能跑得那麼輕巧。這很顯然是孩子的奔跑聲。

我曾在網路新聞上讀過，因為樓層噪音不堪其擾時，比起親自出馬解決，更建議透過管理室調解。我原本想藉由聆聽適合冥想的雨聲平復心情，但等到聽了超過一小時，我的心情變得彷彿在雨中觀賞摔跤選手砰砰對決之後，房間逐漸變得狹窄，我的聲音強迫症又復發了。

我原本以為，只要像個受過教育的文明人一樣請求對方諒解，就能收到有風度的回應，衝突也能順利調解，但這種徒勞無功的期待，在我向管理室投訴後，準確地過了十分鐘便澈底粉碎了。樓上住戶透過管理室傳達的說法是：「我們家老么有被教育過，在家裡走路時要踮腳尖，就算用跑的，我們家也有鋪隔音墊，不會有問題。此外，聲樂練習是為了即將到來的比賽，沒有辦法延期，所以是在隔音室練習。」

真讓人搞不懂耶，住在樓下的我覺得有問題了，為什麼反而是製造噪音的人在說沒問題？我提出這樣的疑問後，管理室的員工以不耐煩的語氣說，已經要求他們安靜了，不方便再跟對方聯繫。言下之意是，多說無益，只會嘴瘦而已。話說回來，聲樂跟比賽又是在講什麼，我又沒有對此提出不滿，該不會是在以前家中說過這些辯解，直接反射性地搬出來用吧？那就真的是糟透了。

正在懷疑之際，又聽到了砰砰聲，這次還伴隨了高喊「**呀啊**」的尖叫聲。那個從小就被教育要踮腳尖走路的老么，此時彷彿化身為小馬與烏鴉的混血種，如同在草原奔跑般在客廳橫衝直撞。儘管如此，我決定先忍一忍。因為有可能是一般人能忍受的噪音，只是對聲音敏感的我反應過度了。我叫孝真與德煥來就是為了這個原因，我需要能做出客觀判斷的人。

孝真率先抵達了，一走進客廳就嘰哩呱啦說個不停。

「我在來的路上看到一對情侶在吵架，男的跟女的說要分手。」

「妳在旁邊看戲啊？」

「我替他們加油啊，希望他們一定要分手，這世界上的情侶都非得分手不可。」

「為什麼非得分手不可？」

「因為裡面沒有我啊。」

我正打算說，既然這麼見不得人好，一年前幹嘛不跟德煥交往。這時客廳天花板上頭傳來噠噠噠的轟炸聲，打斷了對話。孝真瞪大眼睛抬頭望著天花板，直到聲音慢慢平息，她才低頭打了個噴嚏。

「聲音太驚人了，哈啾！」

「如何？妳也覺得很吵？」

「超暴力的啊。原來聲音還可以這麼暴力啊。哈啾！」

孝真邊打噴嚏邊接話。

「妳感冒了？」

「沒有，大概是我太吃驚，嘴巴張得太開，灰塵跑進去了。」

孝真到我房裡拿衛生紙，但遲遲沒有出來，我進去找她，卻發現她不在房裡。我納悶著她是什麼時候出去的，到處找了找，卻不見她的人影。我心想她該不會是躲起來了，於是再次進到房裡打開衣櫃。孝真惡作劇地喊了聲：「嘩！」

「吼，嚇我一大跳。幸好我反射神經好，換做其他人，妳早就吃上一拳了。」

「噢！齊聲，『飄撇』喔。」

「我哪有難搞？是妳先嚇我的，又不是小孩子了。」

「我上次不就說過了，『飄撇』不是那個意思。你認真學一下行不行。」

「不管啦，妳快出來。」

「齊聲，你不能這樣對姐姐喔。我可是發現了你的祕密呢。」

一大早就被樓層噪音折磨，我完全沒那個心情跟孝真玩，而且我從剛才開始就感到頭暈，胃也開始翻攪。我粗魯地把彷彿用全身在遮掩什麼的孝真從衣櫃拉了出來。被拉出來的時候，也不知道有什麼好笑的，她一個勁地咯咯笑個不停。

孝真遮掩的衣櫃壁面上，用歪七扭八的字體寫著一句話。

我要向欺負薄餅的人報仇。

這是某一天，我感覺到整個世界逐漸變得狹窄，躲在衣櫃時所寫下的決心。童年時期的我，不想讓人發現被聲音囚禁後的那份孤單與恐懼。曾經格格不入的我，在遇見薄餅之後，隱藏多時的情緒開始有了變化。

把威脅孝真的小狗踢開後沒多久，我被狗飼主逮個正著。我作夢也沒想到會被無法告狀的動物報仇。媽媽賠償了醫療費給狗飼主，並低頭請求對方看在孩子還小的份上高抬貴手原諒我。我從來就沒見過媽媽對誰賠不是，心想這下闖了大禍。果不其然，一進到家裡，媽媽就要我面壁思過並追問：

「為什麼踢小狗？」

「因為牠一直叫。」

「牠是狗，當然會叫。」

「可是牠惡狠狠地對一個女生狂叫，就像要撲上去一樣。」

「什麼女生？那飼主說四下無人，是你突然跑過去單方面踹了小狗。你為什麼說謊？以為媽媽會被騙嗎？」

見媽媽發脾氣，我氣憤難平。其他人看不見薄餅又不是我的錯，我只是為了拯救薄餅才踢小狗的啊，有需要發這麼大的脾氣嗎？最後不只是媽媽，就連爸爸也不相信我。說不定我就是從這時候開始對大人感到失望的，又或者，逐漸不對他們抱任何期待。

總之，為了嚇下這股怨氣，我躲到衣櫃待著時，對於沒人認得出薄餅的同情心，以及自己也可能變成薄餅的恐懼感襲來。大概就是那時候吧，我下定決心要向欺負薄餅的人報仇。就算是無人察覺的存在，也會需要誰來保護自己，因此我發誓會拯救他們。我總覺得，只要拯救他們之後就能解除詛咒，我的病也會不藥而癒。

「書桌底下也有。」

孝真指著書桌內側，可以看到地面也有相同的字。

「照這來看，應該房間內到處都有寫吧？就像符咒一樣。你到現在還會受到聲音的干擾嗎？感覺只有拯救薄餅才會好轉？」

每當幼兒園放學後，我們三人聚在一起，就會討論要打倒那些欺負薄餅的人、實現世界和平，但如今卻到了連「夢想正義」這種話都覺得難以啟齒的年紀了。

「當我是小孩子嗎？」

孝真發出一聲「嗯哼」，嘟起了嘴角，表情像在評估我是不是說謊。就在這時，正好門鈴響起，在玄關脫運動鞋的德煥定格了一會兒。樓上的烏鴉正在歇斯底里地尖叫，彷彿要把房子給拆了。

「可以知道是說話聲，但到底在說什麼？」

「好像是吵著要口香糖，媽媽跟孩子說不能把口香糖直接吐在客廳裡。」

「你的聽力真是令人肅然起敬。」

「最好是，我都起雞皮疙瘩了，覺得自己是跟樓上的住在一起。」

德煥一走進客廳，孝真先是坐在沙發上，然後抬起手打招呼。

「嘿，YO！德少爺來啦？」

德少爺是孝真喊德煥的暱稱，說他像少爺一樣彬彬有禮又文靜之類的。既然都以暱稱喊他了，乾脆就交往啊。我問她為什麼不交往，她卻說從小就把該看的、不該看的樣子都看光了，缺少心動的感覺。喜歡就喜歡啊，竟然還要有小鹿亂撞的感覺才能交往？戀愛這回事可真複雜。

「樓上的情況就跟你說的一樣嚴重，可以向他們抗議了。」

「我已經向管理室抗議了，但不管用。」

「聽說有百分之六十五以上的樓層噪音是因為孩子跑來跑去引起的。我看你們家是百分之百。」

「樓上該不會有田徑短跑的跑道吧？蹬地奔跑的聲音就跟田徑選手差不多。你去問一下樓上的，是不是誤以為客廳是運動場了？」

「可是比起孩子在奔跑，不覺得更像油桶滾來滾去的聲音嗎？電影上不是都會有從山坡滾下來的木桶，在目的地咚咚跳起的畫面嗎？樓上的住戶肯定是在施展如何滾油桶。」

「在客廳待久了，又聽到其他聲音。聽起來像是大人踢腳後跟的聲音耶。」

我叫他們來替我判定噪音，這兩個卻聊得興致勃勃。

「讓開一下，我從一大早就在操心這件事，感覺有點暈。」

我剛在長沙發躺下，孝真便坐到地板上。

「是不是要吃藥啊？我幫你拿？」

我擺了擺手，然後把手覆在額頭上。額頭很燙，好像發燒了。

「大概是低頻的詛咒吧。」

「低頻？那是什麼？」

德煥解釋，一百赫茲以下的聲音稱為低頻，而樓層噪音是五十赫茲以下，所以屬於低頻。高頻會沿著空氣透過窗戶傳入，只要關上窗戶就能隔絕，但低頻則會沿著牆面或天花板傳播。人不只透過耳朵，也會透過頭部或胸口的震動感覺到聲音，因此伴隨頭暈、胸悶、疼痛等症狀。

「齊聲家不是很高檔的社區大樓嗎？」

「社區大樓越高，往上堆的材料就要越輕啊，不能使用太重的建材。就算品質再好的吸音建材，只要重量輕，就很容易產生噪音。」

「所以樓層之間的噪音才會比隔壁來得明顯啊。」

「對啊，齊聲之所以頭暈，就是受到低頻率從樓上傳下來的影響。」

分析得很好，但現在幫不上什麼忙。怎麼不在搬家前說一聲？早知道的話，就算要我躺在雲梯車前面，我也要阻止他們搬來。

「直接去拜託他們安靜點吧。」

「不行，聽說跑去別人家是非法的。」

「那不然用手掌拍天花板提醒他們？網路上說這是合法的，要不要拍打看看？」

「以我現在的心情，真的很想把天花板給拆了。」

樓上響起亂蹦亂跳的腳步聲。終於拿到口香糖了嗎？那就乖乖地吹泡泡嘛，幹嘛氣喘吁吁地在屋裡跑來跑去？

孝真把嘴貼在從冰箱拿來的一點五公升礦泉水上頭，大口大口喝下水，然後將空瓶遞給德煥。

「敲吧。」

「不是說用手掌拍才是合法的？」

「用手拍，手會疼的。樓上怎麼會知道是用手拍還是用腳踢？先看看他們的反應吧。」

德煥伸長了手，用礦泉水瓶敲打天花板。樓上暫時安靜了下來。

「見效了？」

頓時，孝真臉上的喜色瞬間消失。德煥敲打天花板幾次，樓上也傳來幾次跺腳聲。

「他們是在反擊對吧？哎喲，以為是在交換摩斯密碼啊？」

「放棄吧，還是吃飯吧。」

等外送抵達的時間，德煥說已經制定了拯救薄餅的計畫，並提議替主導環保計畫的孩子們與道柱牽線。這是個全國性的社團，靠網路就能聯繫，不必擔心要親自見面。我稱讚這真不愧是「機智軍師」的好主意，德煥馬上說會跟計劃負責人聯繫，在手機行事曆上寫下要做的事。

吃過飯後，我們用Netflix看了一部喜劇電影。觀看電影的過程中，樓上的暴行依然持續著。就像在聽課一樣，休息十分鐘之後，又會繼續衝刺五十分鐘。如果是學生，這種奮發向上的實力都足以考上首爾大學了。我的幼兒園同學們已經受夠了，巴不得趕緊回到自己的安樂窩。

「在我家睡吧。」

我對從座位上起身的德煥和孝真投去迫切的眼神。

「『戇呆』，這種情況下還睡得著嗎？」

「『戇呆』？是什麼意思？」

「是方言，用來罵人的。解釋起來就是傻子、呆子。」

「妳是有在學方言嗎？」

「所謂的學習，就是要學對實際生活有用的東西。如果你們能學起來，之後就能派上用場。」

「那就今天一起學吧，看是要學方言，還是如何經營咖啡廳，我都會幫助妳完美上手。」

我拉著孝真不放，因為我知道如果孝真說要在我家睡，德煥也會自動留下來，但孝真並沒有被我說動。

「乾脆去基地睡吧。」

「晚上應該不會跑跑跳跳了啦，在這睡啦，嗯？」

要是好友們願意睡在我家，說不定今晚世界就不會變得扁平了，但這兩人完全不懂我的心思，一下子就走掉了。

兩個不講義氣的傢伙。

我一邊嘟囔一邊清洗免洗容器，突然周圍安靜了下來。大概是小馬入睡了，不跑了。就在我意識到只要不打開電視購物頻道，我們家本來是很安靜的事實後，幾天前的日子，突然感覺像是遙遠的過去。

就在我心想腳步聲停下來了，至少能好好睡上一覺之際，歌唱聲彷彿等著與砰砰聲接班似地傳了過來。是莫札特《魔笛》中〈夜后的詠嘆調〉。我看了一下時鐘，已經九點半了。花樣還真多啊，竟然在夜裡練習聲樂，而且聽著夜后彷彿嗓子發炎似地岔得亂七八糟的高音，我不禁心想，白天特意提前通知練習的消息，難道是樓上住戶在下戰帖，要我做好心理準備嗎？

唯一令人慶幸的，是這位女高音不怎麼有毅力。大概是要跟上充滿高超技巧的詠嘆調很吃力，中間停頓的間隔很長。

我用手掌拍了拍天花板，歌唱聲停下了。終於成功了嗎？在樓層噪音足以引爆殺人事件的狀況下，我發自內心感謝那位未曾謀面的神明，沒有把我逼入絕境——儘管兩個半小時之後，我的心情有了一百八十度轉變。

就在街貓也已進入夢鄉的十二點左右，我們家的門鈴響了起來。剛開始我還以為自己聽錯了。就常識來說，誰會在半夜十二點按門鈴呢？可是按門鈴的人卻非常神經質地又連續按了三次。

對講機的畫面上出現了昨天那位頤指氣使、狂按喇叭的阿姨的臉。

「請問是哪位？」

「我是住在樓上的，想問為什麼敲天花板？」

「什麼？」

「我問你為什麼要敲天花板？你開一下門，出來解釋一下。」

唉！現在就連嘆氣都覺得浪費。一整天乒乒乓乓跑來跑去，直到深夜還唱起聲樂，結果我才敲兩次天花板就氣沖沖找上門，老早就想登門理論的人是我好嗎？這簡直比扯鈴還扯。

「那個，您知道突然跑到別人家按門鈴是非法的嗎？在我檢舉前請您回去。」

「你知道樓下住戶敲天花板的心情是什麼樣子嗎？簡直糟透了，所以你出來一下。」

這位阿姨的專長，大概就是命令別人出來吧。

「既然您提到心情，我也就提一下，我也因為樓上一直乒乒乒乒的，心情差到不行。可是比起心情，我的身體受到更大的影響。您知道樓層噪音會對身體造成壓力，甚至會導致孕婦流產嗎？」

「你家有孕婦啊？我聽說只有一個讀高中的兒子啊。」

「我的意思是，如果一開始您家裡沒有乒乒乒乒也沒有唱歌的話，我也就沒理由拍打天花板了。還有，就算因為我拍打天花板給予提醒，讓您心情變差了，您也不能在這時間跑下來啊。」

「我想來還不能來啊？不然要訂好時間才能下來嗎？」

「您好像一直在鬼打牆呢。您這樣跑來按門鈴是非法的，甚至發生在深夜，根據刑法，可能構成侵入住居罪或滯留不退去罪。」

「呵！懂點法律就自以為了不起！等等，我聽你說話的口氣，應該是學生吧。是學生對吧？學生拍打天花板？你家是這樣教你的？家裡沒大人嗎？」

大人的狡詐手段登場了。拿我做的事情來大做文章，牽扯到大人或家庭怎樣的。真是讓人失望透頂，我下定決心不要成為這種大人。在這讓人厭煩到翻白眼的情況下，我的語氣也越來越強硬。

「還是請您好好教育您家老么吧，他成天跑來跑去，我還以為天花板要塌了。」

「我們家孩子現在才四歲，正是活蹦亂跳的年紀。孩子這樣很正常啊！要是你說不准跑，我們家孩子受到打擊的話，你要負責嗎？」

「那詠嘆調呢？」

「我們家老大在準備考大學，不分日夜地練習都不夠了，你同樣是學生，不是應該能理解大學入學考試逼近的痛苦嗎？再說了，都在隔音室練習了，是能吵到什麼程度？」

遇見好鄰居是神明管轄的領域，而我剛才聽見了神明宣告——從今以後我家成了地獄。若遇見惡鄰居，就算家再富麗堂皇，依然是一座地獄。

我把在胸口沸騰的話咕嚕嚥下，聽對方大發牢騷、宣洩不滿，還被威脅不准再拍天花板之後，我回到房裡，再次受到詠嘆調的恐怖襲擊。該死的詠嘆調！眼中無人的樓上住戶！真希望他們統統滾出去。

摩托車風波

我熬了通宵，心情就像是整晚被夜之女王的短刀刺進胸口。我一直都很喜歡古典音樂，但遇見夜之女王不過一天，我就連古典音樂的「古」字都不想聽到；歌劇也不例外。因為沒睡好，身體不斷發冷，說不定是噪音所引起的副作用。我拿出庸醫老頭開的處方藥，一次吞了下去，藥效在空腹中迅速擴散開來。

我懶洋洋地躺在沙發上，看著灰塵緩緩飄落，這時德煥傳來訊息，內容說的是環保計畫的主導人答應讓我們以主辦人身分加入，要跟道柱商量一下。我把情況轉達給道柱，問他今天能不能碰面，結果不到一分鐘就收到他說可以的回覆。大家大概都是晨間型人，起得真早。德煥說一點有志工活動，因此約好十一點在英文補習班附近的星巴克碰面。

我躺在床上，打算在前往約定地點前補個兩小時的眠，這時乒乒乓乓的跑跳聲彷彿蓄勢待發似地再度開始。這個四歲的小不點在媽媽的庇護下，擺出了打算在共同住宅盡情玩耍跑跳的架式。

我沒有在補眠時一邊想像要對樓上住戶進行各種報復，而是吃了燕麥片。雖然要是庸醫老頭看見，會問我為什麼先吃藥才吃燕麥片，有沒有嘗試改變順序，並在病歷表上留下紀錄，但現在家裡就只有我，所以我想怎樣就怎樣。

我在睡眼惺忪、意識朦朧的狀態下，帶著保溫瓶來到星巴克，德煥和道柱都已經先到了。德煥看到我手上的保溫瓶後露出會心一笑。

「你也帶了保溫瓶啊，總覺得好像只有我變成了環境破壞者。」

「有人向我傳道，所以我決定助地球永續一臂之力。」

我拿保溫杯去裝咖啡，回到座位後，德煥已經從背包拿出筆電。

「你對環境問題很感興趣，所以我想了一下既能促進關心議題的發展，又能增進友誼的方法。」

德煥把筆電畫面轉向道柱，畫面上顯示「我們的ECO－」的官網。

「ECO是希臘神話中出現的森林精靈嗎？」

「森林精靈是Echo，這個是ECO－，你知道是什麼意思吧？」

聽到德煥的提問，道柱面露慌張，但很快就輕輕地點下頭。

「它會跟環境或生態界相關的單字用在一起。」

「沒錯，這個是全國青少年專門為實踐環境保護所設計的專案網站。當主辦人以團隊為單位開設專案，組員就能在網上自由參與。如果你有意願，也可以成為主辦人。我推薦你為『在日常生活中輕鬆實踐的企劃』最佳人選，因為負責人正好在尋找優秀的主辦人。主辦專案的過程中，你的存在感也會增強。」

德煥不愧是細心的人，把主辦專案的狀況都設想好了，但道柱卻緊咬著嘴唇，大概是突然要他當主辦人，讓他很有壓力。

「我沒有要你馬上就企劃出一個專案，如果覺得有負擔，你不必負責專案，當個組員也沒關係。你也可以先當組員，等你有信心之後再嘗試企劃專案。」

儘管德煥親切地補充說明，道柱依然遲遲沒有開口。他的個性害羞，要他拋頭露面是太勉強他了嗎？就在德煥絮絮叨叨地補充說，鼓起勇氣不是件容易的事，這時道柱突然丟了個問題。

「為、為什麼要對我這麼好？」

德煥被問得措手不及，陷入了要給出明確答案的苦惱，碰到這種時候，就該由我出場。

「你不是告訴過我們嗎？你喜歡什麼，還有你的夢想。我們覺得那很帥氣，所以才想加入你。」

「你們不覺得我很異於常人嗎？」

「如果套到這網站來看的話，你根本超平凡的。」

我說這話原本是希望惹道柱笑的，但他沒有笑。道柱就像想鑽個地洞進去似地一直低著頭。氣氛變得不太對勁，周圍的大人們頻頻投來目光，我真想對那些大人說不要盯著我們看。大人們明明也曾有過再三忍耐，忍到最後被現實壓垮的時候，可是碰到這種狀況，卻表現得好像他們的過去是張白紙似的。

「過去我希望能有個人理解我。我覺得沒人尊重我，感到無比淒涼，所以碰到這種機會時也無法相信自己，把機會讓給了別人。我很軟弱吧？」

道柱想聽到的回應是溫柔的安慰，可我給出的回應卻有些辛辣。

「我明白你先前遇上麻煩，想要躲起來的心情，可是如果你不尊重自己，就沒辦法獲得別人的尊重。只有你先尊重自己，別人才會被同化啊。把你那遭到霸凌後破碎的心、夢想、心情之類的持續說出來，如果不說，就沒人能理解。就算大家看似都不聽你說話，但只要說久了，總有一天會出現理解你的人。直到那樣的人出現為止，我們不要被動搖，一起守護自己吧。」

「對不起。」

「這句道歉就對你自己說吧，為你一直以來不喜歡自己而真心感到抱歉，說你今後會全心全意地珍惜自己。」

我沒打算惹道柱哭，真的，因為過去發生的事並不是道柱的錯，就算哭了，刺入胸口的傷口也不會像魔法般消失。不過，既然已經哭了，我希望他能抬起頭來盡情哭個夠。我希望先前他受到的無視、冷落與侮辱能凝結之後，隨著淚水傾瀉而出，從此不再留存心中；希望他能明白自己是多麼有用的人。

「我願意嘗試企劃專案，我的腦袋中有許多構想，我會去執行企劃的。」

在星巴克前，道柱晃了晃手上的保溫杯作為道別，一臉笑得燦爛的表情顯得清新無比。道柱的輪廓因層層疊加的情感而變得鮮明濃烈。儘管往後那些情緒仍會使道柱感到辛苦，但基本上會帶來正面的作用。

曾經是薄餅的孩子，就這樣步入陽光中，逐漸走遠了。但願他再也不會變成薄餅。道柱彷彿明白我的盼望似的，就連背影也在微笑。

「很順利吧？」

「嗯，很順利。」

這次一起腦力激盪的德煥並沒有邀功，而是心平靜氣地往公車站走去，說自己的志工活動遲到了。我送走德煥後，心想自己現在該回家去，如釋重負地把沒睡的覺給補完，但走著走著又見到了一個薄餅。一位全身褪色嚴重、看起來就像灰色色塊的爺爺正在穿越斑馬線，我不確定他處於第一階段或第二階段，視線不由自主地跟著他移動。

就在爺爺準備踏上人行道之時，突然有五輛右轉的摩托車從爺爺身旁快速呼嘯而過，爺爺差點就要被摩托車撞上了。我從斑馬線上跑過去，把跌坐在地上的爺爺攙扶起身。爺爺的手在顫抖。我朝著收到綠燈信號的車輛舉起手取得諒解，扶著爺爺慢慢走過斑馬線。等到我護送爺爺到人行道上，爺爺突然腿軟，再次跌坐在地。

碰到這樣的瞬間，就會讓我下定決心想報仇。雖然因為薄餅的形體辨識度低，暴露在危險情況的機率很高，但假如摩托車騎士好好遵守交通規則的話，這樣的事就不會發生。差點撞上爺爺的摩托車，很顯然是幾天前進行鼓膜恐怖攻擊的那群人。我的耳朵多年來受到聲音強迫症的鍛鍊，能夠準確區分粗鄙殘暴的引擎聲。要是下次再遇上改裝的摩托車，我可不會輕易放過，他們最好別到處亂竄。

我的警告還不到十分鐘就化為現實。五輛摩托車彷彿等著被逮到似地並排停在商業大樓門口。黑的、紅的、藍的、黃的、白的，看來選擇這些摩托車的人，是那些誤以為在心理測驗中不能選擇相同顏色才能展現個性的色彩愛好者。那群人恰好不在附近，這正是把實現正義與壓力數值相加後，一併進行報復的好機會。

我趕緊跑到附近的書店，買了公主卡通貼紙書出來，摩托車還停在原地。我戴上兜帽，很用心地在光滑的摩托車上貼上貼紙。每每貼上一張露出微笑的公主貼紙，摩托車就逐漸失去它既有的色彩。雖然是我貼的，但看著看著，我也不由自主地皺起了眉頭。

花費那麼多心思非法改造，肯定很寶貝自己的摩托車，可是怎麼辦呢？因為是紙貼紙，要撕掉可能會有點辛苦呢。不過，如果對摩托車有愛的話，就會省下在馬路上無情奔馳的時間，好好把它恢復原狀吧？至少在這段時間內，馬路上會迎來一段平靜的時光。

我把四百張公主貼紙密密麻麻地貼滿後，拿著保溫杯在附近咖啡廳裝了咖啡。我找張露天桌子坐下，替隨後的慘叫聲做好準備，事先服下聲音恐懼症的藥。過了五分鐘左右，有五個看起來像高中生的人從商業大樓走了出來。我已經翹好腳等著了，就讓我看一場好戲吧！

我一邊假裝事不關己，一邊留意他們會怎麼發現貼在摩托車上的貼紙，這時其中一人瞥了我一眼，然後便目不轉睛地盯著我，看得我都尷尬起來。接著，他撞了一下旁邊的人並指向我。怎麼回事？他們甚至都還沒走到摩托車附近啊，真奇怪。

一個身材不同凡響的人慢悠悠地朝我走來。我好像在哪見過他。他那把摩托車鑰匙往空中拋再接住的動作，我好像在哪見過？

「對耶，小偷，你是成齊聲吧？」

既然他能叫出我的全名，應該是認識我的人，可是小偷？我為什麼是小偷？

「聽說是你偷走我的原子筆？你可真大膽，竟敢碰我的東西？你今天死定了。」

原來不是只有阿姨的世界很小，我的世界也小得驚人。有句話說，領悟總是來得太遲，這句話就是用在這種時候。反正我早就知道倭黑猩猩在找我，抵賴也沒用。

「是我拿走的，但我沒偷。」

倭黑猩猩怒氣沖沖地做出揮拳的動作，我輕巧地閃開了。這反應早在預期之內。

「你這小子當我傻子啊？把我的原子筆丟到垃圾桶，還敢說謊。」

「你說得很對，我沒有要偷走它，而是要把它丟進垃圾桶。嗯，我為它被丟棄感到遺憾。」

「遺憾？你感到遺憾就沒事了喔？還真厚臉皮。」

「遺憾這個字眼，應該不會被拿來跟厚臉皮放在一起才對啊，看來你國文很差喔。」

聽到我的話後，倭黑猩猩激動地飆出了沒辦法寫在筆記本上的髒話。就在我心想情況會變得很險惡的那一刻，期待多時的事情發生了。

「這啥啊？貼紙嗎？」

終於，其中一人發現了貼在摩托車上的貼紙。大家紛紛圍著自己的摩托車左看右看，發出懊惱的嘆息聲。有人用指甲去摳貼紙，但發現撕不太下來之後，比我剛才聽到的髒話更粗俗的髒話頓時此起彼落。

我開始慢慢往後退。雖然現在他們的注意力都在貼紙上頭，但很快就會縮小嫌犯的範圍。要是被發現連這也是我幹的好事，就算我負荊請罪，他們也不會原諒我。確認逃跑路徑清空後，悄悄轉過了頭，眼前沒有任何妨礙物，只要我拚命逃跑就行了。

「是你吧？成齊聲，貼紙是你貼的吧？」

倭黑猩猩瞪著我。要是我在這個時機點逃跑，就等於我承認自己是犯人；但如果不逃跑，就又得替自己辯解。不過，我也沒有藉口可以搬出來用，所以選擇逃跑才是上上之策。

「你們的摩托車聲真的很吵，還有拜託你們遵守一下交通規則吧，薄餅差點就受傷了耶。」

「什麼？誰受傷？薄餅？我問你貼紙是不是你貼的，你在說什麼鬼話？」

「是啊，是我貼的，這是薄餅的復仇。」

我一溜煙跑進巷弄，後頭同時傳來了「**抓住他**」的吶喊聲，以及摩托車發動的聲音。有個人跟在我後面追了上來。我跟孝真不一樣，體育分數很差，就算我卯足全力奔跑，跑速一般的人都能追上我。

不過，追著我的人好像被引擎聲搞得心情有點急躁。大概是覺得其他人丟下自己騎著摩托車出發吧，所以他停了下來，朝摩托車的方向往回跑。雖然摩托車要比人跑得快，但在這社區出生長大的我，對這一帶巷子瞭若指掌的程度，是那些摩托車族比不上的。要是我運氣好，就有機會甩掉他們。

我在巷弄間穿梭來去，一會兒躲進商場，一會兒又朝聽不見摩托車聲的方向跑，反覆了好幾次。就在我氣喘吁吁地環顧四周時，發現不知不覺跑到了沒來過的社區。大概是因為我跑來跑去，失去了方向感，才會跑到不認識的地方。

就在我經過高級住宅區時，遠處傳來摩托車的引擎聲。引擎聲那麼響亮，我想讓他們抓，他們還抓不到呢。為了在摩托車經過前藏起來，我順勢躲進了設有「施工中」牌子的住宅內。

這是一戶庭院鋪有草坪、古色古香的住家。窗框上的灰塵不多，看樣子開始施工還不到一天。我穿過用大石頭環繞圍起的草坪，繞到住宅後方後，最先聽見了吹拂過樹葉的風聲。眼前的風景令人難以置信，我先是閉上眼睛，又偷偷地睜開眼。我夢寐以求的田園般風景，猶如一幅畫在我眼前鋪展開來。

這裡是天堂嗎？

我出神地望著湛藍的天空與參天巨木，姿態各異、色彩繽紛的花朵隨風搖曳。這個庭園飽滿有生命力，就算看上幾小時也不會感到厭倦。

這時，依稀聽見風聲中夾雜著踩踏土壤的腳步聲。「唉。」那人靜靜地望著堆滿枯萎花朵的地方，淺淺的嘆氣聲傳了過來。有人在這裡。我專注在呼吸聲上頭，慢慢看見一個輪廓模糊且變形的薄餅，是個留著長頭髮、年紀跟我相仿的女孩子。還有，她很顯然是第二階段的薄餅。

就在我盯著薄餅看的時候，她的身體逐漸變得清晰，輪廓也完全顯現出來了。薄餅彎起手掌，擱在額頭上遮陽，仰起頭。熾烈的陽光灑落在薄餅的臉上，用手遮掩的額頭到鼻翼上落下陰影。

感受到目光的薄餅與我對視。我倆就這樣你看我、我看你，誰也沒有移開視線。一段時間過去，薄餅揮了揮手，問我：

「有看到嗎？」

「有。」

「你沒看到外頭的牌子寫施工中嗎？」

「看到了。」

「也就是說，你看到警告還擅自闖進來耶。」

薄餅輕聲斥責道。明知道別人看不太到她的身影，卻不把這當一回事，顧左右而言他的對話方式真令人耳目一新。我沒來由地踢了踢泥地。我也知道對別人失禮，自己應該乖乖走出去，可是卻難以邁開步伐，就好像未來的我正在對我的潛意識給予忠告：要是你走出天堂，一定會後悔的。

薄餅像是對我失去興趣似的，開始用鏟子挖起土來。為了避免折斷花梗，她小心翼翼地托住，種下枯萎的花朵。花梗垂下身子，無力地搖來晃去。薄餅用力按壓剛才種下的花朵周圍泥土，把它們壓實。

「都枯了，為什麼重新種回去？」

薄餅將食指貼在嘴唇上。

「噓！你聽完風聲就走吧。」

這是我人生中聽到最酷的一句話了。意思是，既然進入了天堂，就靜靜地感受它吧。草葉在腳下跳起舞姿，我的心臟也彷彿在打節拍似地怦怦跳動。

我在薄餅身旁坐下，拿起了花鏟。

「整路的花都歪七扭八的。」

薄餅帶著「你在說什麼」的表情轉過頭，雙眉之間揪成數條皺紋。我從收攏在一起的草葉中挑選狀態良好的花朵，小心翼翼地種在土裡。我是在以行動表露我的誠意。

「妳那樣種，花很快就倒下了。」

我本來期待她聽到我下指導棋之後，會展現一下正確種植的方法，但薄餅卻背對著我，把剩下的花都給種完了。她果然不是省油的燈啊。

可是好奇怪，薄餅的身體再次變得模糊不清。種花的行為能使她產生自尊，但或許只是暫時性的變化。

在自尊與自信心低落的第二階段，如果沒有發生根本性的變化，不管在哪裡，存在感都會很薄弱。

我朝著形體逐漸消散的薄餅伸出手。薄餅沒有看我，而是看著庭院的方向。我這才發現庭院傳來摩托車的聲響。我的注意力都在薄餅身上，完全沒有聽到聲音。原來關心某個人能阻隔噪音啊。我一邊感嘆一邊轉過頭，看到薄餅正用眼神在詢問我：「那是你帶來的不速之客嗎？」

這世界就是這麼沒道理，見不得別人開心。摩托車族彷彿算好時間似的，偏偏在氣氛漸入佳境的此刻出現了。真是一群毫無用處的噪音製造者！

這群摩托車族進攻到庭院裡頭後，讓引擎繼續空轉，導致車輪不斷輾壓草坪。簡直是一片狼藉。

「成齊聲，找你找很久耶。弄壞別人的摩托車，下跪求饒都來不及了，你居然還躲起來？」

倭黑猩猩嘲笑道。

「把摩托車熄火。」

「你還沒搞清楚狀況啊？」

「你們很愚蠢地毀了別人家的庭院啊。」

「這裡是你家嗎？又不是你家，幹嘛在這對別人指指點點的。」

我本來想說這是薄餅的家，但還是閉上了嘴。這些人看不到薄餅，所以薄餅沒辦法站出來阻止。跟著我過來的薄餅面無表情地盯著這群摩托車族。

「喂！覺得我們很可笑嗎？你是在看哪裡啊？」

倭黑猩猩從黑色摩托車跳下後，不由分說地揮來拳頭。

因為有段距離，我勉強躲開了這記陰險攻擊，但這傢伙的力氣似乎跟塊頭有得比，揮拳時劃過空氣的聲音聽來很嚇人。如果距離近一點，恐怕很難躲開。

倭黑猩猩還在找機會揮拳時，黑色摩托車倒了下來，因為薄餅踢開了側腳架，從另一邊推倒了摩托車。對於這些看不見薄餅的人來說，想必看到的是原本好端端的摩托車側腳架自行鬆脫，違反重力朝反方向倒下。

「全部都出去。」

發生超自然現象之後，突然聽見一個低沉的陌生聲音，大夥兒的瞳孔都開始游移不定。為了找出聲音來源，大家東張西望，但倭黑猩猩卻目不轉睛地盯著薄餅站立的方向。在英文補習班認出道柱的也是這個人，他要不是有很強的直覺，就是視力超級發達。

就在倭黑猩猩察覺薄餅存在的瞬間，薄餅的輪廓逐漸鮮明，澈底現身了，就像憑空出現的幽靈般，冷不防地冒出來。

摩托車族紛紛發出尖叫，個個被嚇得魂飛魄散，夾著尾巴逃跑了。有句話叫做表裡如一，這些人卻是虛有其表、中看不中用。即便在我五歲，以為薄餅可能是幽靈時，都要比那些人穩重得多。

等到倭黑猩猩作為最後一個手忙腳亂地逃出庭院的人，薄餅才看著留下鮮明車輪痕跡的庭院嘆了口氣。

「他們為什麼來這？」

「說來話長。」

「那就長話短說。」

「我因為某種原因，把剛才朝我揮拳的人的原子筆丟到了英文補習班的垃圾桶，所以他們在找我，結果我又看他們的摩托車很不爽。因為他們都是騎摩托車。有個爺爺要過斑馬線，可是……」

「等一下，你不要囉哩囉嗦一大串，可以只講重點嗎？」

「喔！好啦，重點就是我把他們的原子筆丟進垃圾桶，又在摩托車上貼了四百張公主貼紙，所以他們就氣得跑來找我了。」

「你做的事都是犯法的嘛。」

「從某種角度看，這可以是犯罪，但換個角度，也可以說是伸張正義。」

「別美化自己的行為。」

「這件事是因我而起，我為他們毀壞草坪的事鄭重道歉。」

「不用道歉，反正草坪和庭園都會剷除。」

「妳爸媽說要整修？怎麼不勸阻他們？」

「勸不了，這裡現在不是我們家了，是以前的家。」

「以前的家？那為什麼要種花？」

「它們枯萎的樣子像是生病了，至少我得記住它們。」

明知一旦進行住宅施工，庭園就會跟著消失，薄餅仍不以為意地種下了枯萎的花朵，就因為花朵會疼，因為一旦在世界上消失，它們就會被遺忘。有這種想法的薄餅是個什麼樣的人，我想多了解。

「你搬到哪裡？附近嗎？」

我擔心自己的心思被發現，故意用漫不經心的語氣問她。薄餅抖落沾在手上的泥土後，將花鏟插進土裡。

「我認識你。」

「我？」

「前天我們搬家時，你不是瞥了車子一眼嗎？當時我在車子裡。」

我差點就問她是不是夜之女王了。沒想到親自見到不共戴天之仇，對方竟是個讓人有好感的人。

「你跟我們住同一個社區吧？」

我沒有據實以告，說我就住在樓下，只不過抱著非常惋惜的心情反問：

「漂亮的庭園宅邸住得好好的，為什麼要搬到社區大樓？」

「媽媽喜歡能看到漢江這點。」

大人們的想法果然很單純。比起個人喜好，更想用數字來衡量自己的價值。拙於算計的我產生了一種預感：因為這個形體輪廓變來變去，一會兒變深、一會兒又變淺的薄餅，我的人生即將開啟第二幕，全新世界在我眼前開展。不知道為什麼，但我覺得心癢癢的，身體也輕飄飄的，心情感覺滿不錯。

遊樂場風波

開始說星期一的事之前，我想先澄清一件事：我絕對沒有陷入愛河。我只不過是認為住在我們家樓上的薄餅是能解決樓層噪音的唯一鑰匙，才去見她罷了。

還有一個理由，就是我想解開疑問：具有冷嘲熱諷、果斷堅定性格的持有人，是怎麼存在感低落到變成第二階段的薄餅。還請大家讀文章之前先理解這點。

薄餅的名字是喬瑟。昨天經我三番兩次追問，薄餅才拿著尖尖的石子在泥地上寫下「喬瑟」。她大概以為我不知道有部改編成電影的小說，女主角的名字就叫做喬瑟，我可是比外表看起來博學多聞。想必喬瑟不是薄餅的真正名字，但既然對方如此要求，我決定就叫她喬瑟了。

把應該以激情表現的高音唱得像發神經的詠嘆調，是比喬瑟大上兩歲的姊姊唱的。如果她能誠懇地建議姊姊，請她考慮到聲樂界的發展而轉換跑道的話，我甚至願意去找來一支魔笛獻給喬瑟。

先不說這個，我連藥都放棄吃了，一有空就豎起耳朵追尋喬瑟的聲音。但很遺憾的是，我並沒有聽到能得知喬瑟在做什麼的情報。不過，知道樓上住著與噪音天差地遠的安靜之人，多少為我帶來些許安慰。

我心想喬瑟會不會上午去種枯萎的花，於是去了天堂一趟，但喬瑟不在，庭院則因為改建工程而變得慘不忍睹。直到下午我才見到喬瑟，喬瑟坐在大樓社區遊樂場前的長椅上聽音樂。見我走近，喬瑟戴著耳機抬起頭，昨天短暫變深的輪廓再次變得模糊，呈現半透明的樣子。

從昨天我就持續表達關心，但喬瑟的存在感卻沒有提升到薄餅第一階段。也就是說，喬瑟需要的並不是同儕的關注。讓喬瑟失去存在感的地方不是學校，而是在其他場所，對喬瑟極為重要的人抹去了她的存在感。

我坐到喬瑟身旁，把裝了咖啡的保溫杯遞給她，她卻嘆了口氣。

「還真會找啊。」

「我是經過時偶然看到妳。」

我沒說我為了找她徘徊了超過五小時。喬瑟無視保溫杯的存在，將藍芽耳機放進耳機盒後，靜靜地注視前方。**哇啊啊啊啊**，一群小朋友高聲吶喊，讓我的空間變得跟溜滑梯一樣狹窄。

「要不要走一走？」

聽到我的提議，喬瑟露出不感興趣的表情，什麼話都沒說，後來才冷不防地回答：

「我得看著我弟。他就是我弟弟，剛才吃過午餐又出來了。」

樓上的小馬正在玩溜滑梯，發出了比其他孩童響亮得多的歡呼聲。我並沒有說出違心之論，稱讚她弟弟可愛。

「妳弟弟不上幼兒園嗎？」

我是為了順便獲取他們家何時會安靜下來的情報，這次她倒是馬上就回答了。

「他感冒了，會休息一陣子。」

「都感冒了，還能活蹦亂跳的呢。」

「他不想去幼兒園才裝病的，他經常這樣。」

「看來家人們也都睜一隻眼閉一隻眼啊。」

「如果不如他的願，他就會大吵大鬧，誰也阻止不了他。他的固執，讓我們家的人都舉雙手投降。」

這太令人絕望了。原本住在私人宅邸，後來搬到共同住宅，就等於默認要接受各種限制，小孩子不能在家裡奔跑也是其一，可是卻因為孩子的脾氣，沒教導孩子遵守共同住宅的約定，那樓下住戶，不，是整棟大樓就只能永遠受苦受難。

「但還是得好好跟爸媽說，把正確的觀念教給弟弟吧？」

我幾乎是帶著想哭的心情試著抓住最後一根稻草。出乎意料的是，喬瑟倒是抓住了稻草的另一端。

「我爸是航空公司機長，沒辦法經常回家，我媽則是因為姊姊的關係總是很忙。今天媽媽也帶著姊姊去做諮詢了。媽媽外出前再三叮囑我要照顧好弟弟，但回來之後似乎就忘了我的存在，只叫弟弟去吃午餐。」

「就只沒叫妳？」

「自從我的身體變得透明，媽媽偶爾會忘記有我這個人。算了，反正她也沒關心過我。」

第二階段的薄餅，就算專注看那個人，十次裡面也會有五次看不到。這代表喬瑟的媽媽也不是存心不替她準備午餐。夾在大學入學考試在即，集父母關注於一身的姊姊，以及養育者必須分分秒秒盯著、蠻橫霸道的弟弟之間，喬瑟肯定每天都遭受冷落。沒有得到應有的關注，才會逐漸失去存在感。沒有存在感，身體變得透明之後，就變得更不顯眼了，因與果構成了惡性循環。

「妳一定很餓，不去吃飯嗎？」

「我得看著弟弟。」

「就算妳媽不知道妳在這裡照顧弟弟？」

「無所謂，我就做我該做的事。」

「妳知道要是家人持續看不到妳會怎麼樣嗎？」

「我不怎麼好奇。」

唉！又開始憤世嫉俗了。如果在學校也是這種個性，最適合當邊緣人了。但如果是在家呢？她肯定會刺激爸媽的神經，成天起口角吧？跟姊姊或弟弟之間也會互爭地盤，雙方會恨不得吃掉對方。如果她按平時的個性說話、行動，應該會存在感十足才對，為什麼會遭到家人冷落呢？真是一個謎團。

「妳沒想過如果沒人認出自己有多孤單、悲傷、痛苦、悲慘、難過啊？如果妳能仔細想想，我敢擔保妳說不出這話。」

「我並不想要拚命掙扎，要求別人認出我。」

喬瑟似乎隱約知道自己變成薄餅的理由。喬瑟覺得爸媽背叛了她。姊姊和弟弟不費吹灰之力就能獲得爸媽的關心，為什麼唯有自己得為了獲得關心而付出努力？她肯定感到很委屈。爸媽在喬瑟的心目中有多重要，喬瑟也希望在爸媽的心目中成為獨一無二的存在，但不能如願的事實肯定讓她大感挫敗。喬瑟就這樣自我孤立，與家人之間漸行漸遠，因為她並不想乞求爸媽的關心。即使無法擺脫薄餅的狀態，她認為也是無可奈何的事。

「可是，你是怎麼認出我的？」

「我回答妳的話，妳也能回答我的問題嗎？」

「不要。」

「那我也不回答妳。」

「……你想知道什麼？」

「妳為什麼不笑？」

「一定要笑嗎？」

「提問的是我耶。」

喬瑟聳起肩膀又放下，重重地嘆了口氣。

「我忘記怎麼笑了。」

「要知道方法才能笑嗎？」

「到此打住。現在該我了，你回答我剛才的問題。」

「雖然沒有聽到明確的答案，但我大人有大量地放妳一馬。其實我可以聽見薄餅的聲音。」

我把自己的病症和關於薄餅的事說給一臉訝異的喬瑟聽。中途喬瑟要求我講重點的部分，我則裝作沒聽見。

「你本來就這麼多話嗎？天底下沒人比你聒噪了。」

這是喬瑟聽完故事後給出的感想。她果真是不同凡響啊。一般人都會試著安慰我，到精神治療中心看診不等於被貼上精神病患的標籤，或是問我現在是不是還看得見薄餅，再不然就是想測試我的聽力，從來沒人像喬瑟一樣提出牛頭不對馬嘴的點，似乎是因為疏於與人對話。

我問她是從什麼時候開始忘記笑的方法，她回我不用你管，我又鍥而不捨地追問，最後她就叫我回家了。令人惋惜的是，我費了不少心思，卻沒獲得其他情報就得和喬瑟道別。好吧，有拿到聯繫方式就該滿足了。

我在安靜的家中短暫打了個盹。好久沒有感受到這種平靜。我原本打算睡到小馬在樓上乒乓作響為止，但因昌聲哥傳來訊息的震動聲而睜開了眼睛。他說人已經來到我家門口，要我下樓一下。

—我現在人在補習班。

我放了個假消息後倒頭繼續睡，但震動聲再度嗡嗡響起。拜託讓我睡個覺好不好！我舉起雙拳輕輕敲了一下床之後讀了手機訊息。

—我知道我的好弟弟沒去補習班，出來，趕快。

孝真的家族究竟流的是什麼血脈，怎麼直覺都這麼強？就算硬撐，他也會直接闖到補習班門口，我索性放棄睡覺，無精打采地下樓。

昌聲哥在自行車停放架前等我，他一看到我拿在手上的保溫杯就一把奪走。

「你特地拿來給我的？感動耶。」

哎呀，最近走到哪都帶著保溫杯，結果下意識就帶著它出門了。我錯過了否認的時間點，於是作罷。喬瑟不屑一顧的咖啡，由昌聲哥代替她喝了。

「有什麼事嗎？」

「我們別站著講，你先坐一下。」

我本來要阻止昌聲哥往遊樂場走，但發現喬瑟沒坐在長椅上。她跑去哪了？我用目光追尋喬瑟的身影，結果和正在蹦蹦跳跳玩耍的小馬對上了眼。

「你在看哪？」

「什麼？」

「該不會是薄餅？這裡有嗎？在哪裡？那邊嗎？喂，能看得到我嗎？我是跟齊聲最要好的哥哥，韓昌聲，有看到我吧？」

昌聲哥對空氣擺了擺手，接著拿出手機開啟攝影模式。

「哥！你在做什麼？」

「我都聽孝真說了。不是說薄餅雖然不是幽靈，但也是跟幽靈一樣看不太到的人嗎？你不是看得到薄餅嗎？有這麼讚的法寶，你怎麼不早說？我們有機會爆紅耶。」

「你到底在說什麼？可以解釋一下嗎？」

昌聲哥猛地抓住我的雙手。

「我們一起經營YouTube吧，我把頻道名稱也想好了，就叫做『聲聲兄弟的幽靈之聲』怎麼樣，唸起來很溜吧？首先，如果要讓頻道存活下去，最好把那個薄餅改成其他名稱，改成怪到不行的名稱，營造出懸疑感。」

金孝真的聊天室帳號在哪？我本來打算傳訊息告訴她，要她做好去見閻羅王的準備，但想到反正她本來就瘋瘋癲癲的，這對她肯定不痛不癢，還是作罷。昌聲哥把薄餅塑造成混合幽靈、惡魔與外星人的怪異生命體，持續高喊著要追求懸疑感。

「哥！你冷靜一點。」

「我非常冷靜。不管是什麼生物或什麼情況，我都做好要接受的準備了。」

是、是，您說的都是。我告訴自己不要太尖酸刻薄，開口說：

「我不曉得你在孝真那裡聽到了什麼，但請你忘掉一切聽我說。首先，薄餅不是幽靈而是人，還有最重要的一點，我沒有要經營YouTube。」

「我的好弟弟涉世未深，大概還不了解做生意的圈子。以你的顏值，就算薄餅是人類好了，也足夠吸睛，所以你要有自信。」

遊樂場的長椅上頭是會傳遞妨礙對話的低頻率嗎？為什麼大家都抓不到對話的重點？重新解釋真的很累人。

「哥注定會靠吃播吸引大家目光、大獲成功的，所以我就退到一旁不妨礙你了。既然話都說完了，我先閃了。」

見我急著離開遊樂場，昌聲哥用力拉住我的手腕。

「你怎麼這麼小氣呢？我們不是來商議的嗎？你別拋下我這大哥啊。」

昌聲哥大聲嚷嚷，惹得那些在遊樂場玩耍的孩童都望向我們。我跟昌聲哥說我知道了，拜託小聲點。

「又不會怎樣，那些小朋友比我還吵好嗎？」

那句話彷彿打開了門閂似的，那群孩童大笑的聲音一下子衝進我的意識之中。糟糕了，正好小馬又在奔跑時被自己絆倒，摔在地上哇哇大哭。我不自覺地環顧周圍，尋找喬瑟的身影。

「什麼啦，怎樣？薄餅出現了嗎？」

「不是啦，是因為這孩子在哭……」

「他嗎？因為他，所以薄餅沒辦法出現嗎？等一下！喂！小朋友，你過來這邊，快點！」

昌聲哥突然出聲喊了小馬。哭得正傷心的小馬停止哭泣，朝昌聲哥走來。

「弟弟，你不能因為跌倒就哭。人如果太過軟弱，就沒辦法在這個險惡的世界生存下去。想哭的時候就咬緊牙根。來，像這樣，你跟著我做。」

竟然教訓跌倒在哭的孩子。我告訴打算按照昌聲哥的示範去做的小馬，如果沒有受傷就過去玩吧，接著又叫昌聲哥回去。好不容易把堅持不走的昌聲哥送走後，我按下大門的密碼進入大廳。才跟昌聲哥碰面一下子，我已經精疲力盡。

就在我等電梯時，這次換小馬咚咚跑進了大廳。看來這孩子是沒救了。一起搭乘電梯的小馬整個人吊在扶手上，偷偷瞥了我一眼，我不由得脫口說出內心話。

「你住十六樓吧？我住十五樓。我看你在家的時候都瘋狂跑來跑去呢，你一跑，我的腦袋就會嗡嗡作響。你要不要試著練習安靜走路？」

小馬動了動他小小的手指。是打算道歉嗎？我按他的手勢蹲在他面前，結果他吐出正在咀嚼的口香糖，**啪**的一聲黏在我頭上。

「人如果太過軟弱，要怎麼在這個險惡的世界生存下去呢？」

四歲小鬼反擊的台詞中隱藏著人生的真理。

美容院姐姐吹著口香糖泡泡迎接我。

「好久不見！」

「請幫我修一下頭髮。」

「天啊！頭髮上黏到口香糖了耶，在哪黏到的？」

美容院姐姐一邊替我圍上理髮斗篷一邊問。

「在電梯裡。」

「哎呀！是靠在上面被黏住嗎？我也曾經那樣，不是在電梯，而是在電影院，有人在電影院的椅子上黏了口香糖。不覺得真的很沒品嗎？那時我正好在約會，為了把口香糖弄下來，整個人都變得煩躁，最後在吵架中不歡而散。好險你馬上就跑來美容院。」

剪髮的過程中，我閉上眼睛想像自己置身天堂，享受著悠閒寧靜，但小馬突然跑來胡鬧，讓花兒一朵接一朵縮小，根莖也變短，回到了尚未發芽的狀態。最終，種籽腐爛，落在我的手掌心。被小傢伙玩弄的事令我氣憤不已。

「齊聲！剪好了。」

我睜開緊緊閉上的雙眼，與鏡子中皺著眉頭的短髮少年面對面。

「怎麼了？不滿意嗎？欸！這可是最近流行的髮型。」

美容院姐姐面露困窘，再幫我修了一下頭髮。

「不是因為髮型，髮型很好看，謝謝。」

「那不然是因為什麼？」

美容院姐姐再度吹起口香糖泡泡，並替我拍落掉在肩膀上的髮絲。

「沒什麼……只是因為我的手心。」

「手心？」

「我的手心有花種籽，卻逐漸死去了。」

啊！美容院姐姐喊了一聲，替我解開理髮斗篷，然後要我到洗髮區。我才剛靠在椅背上，調好水溫的美容院姐姐便像洗衣服似地替我搓揉起頭髮。

「姐姐！」

「怎麼了？」

「泡沫跑進眼睛了。」

美容院姐姐喊了聲「哎喲」，趕緊拿毛巾替我擦去沾在眼睛上的泡沫。接著又再度像洗衣服似地使勁替我的頭皮按摩。

「姐姐！」

「又有泡沫跑進眼裡了？」

「不是啦，妳今天為什麼洗頭洗得特別用力？」

「我能為你做的就只有這個嘛。」

美容院姐姐很認真地替我沖洗頭髮，讓我差點就要噴淚了。姐姐用吹風機替我吹乾頭髮，又在我的短髮上抹髮膠，之後在結帳櫃檯抽屜翻找，拿了助曬霜給我。

「這是這個月雜誌贈送的。你太白了，擦點助曬乳液到處走一走，把皮膚曬黑點。

雖然讀書要看時機，但在你這個年紀也該有玩耍時間。」

姐姐大概誤以為我是因為課業壓力才這樣。就算我說沒關係，姐姐還是持續把助曬霜往我手裡塞，我這才意識到自己手中握著的，不只有腐爛的種子。

「謝謝。」

「剪了頭髮之後，看起來就像個偶像。你要經常來光顧哦。」

美容院姐姐吹著口香糖泡泡，露出陽光般的笑容。

走出美容院後，為了平復心情，我走在陰暗的街上回家。可能是因為頭髮變短了，就算戴上帽兜還是感覺空蕩蕩的。我以為不會比這更糟了，但到家後發現有更悲慘的事正在等著我。

一走出電梯，最先看到的是媽媽尷尬的臉。原來爸媽旅行回來了啊。領悟到這件事的同時，站在媽媽前面的女人也轉過了頭。原來是很愛狂按我們家門鈴的樓上大嬸，我實在不想回憶她後來帶著誇張口氣狠狠數落我的話，所以就省略不提。

嗯，如果你真的很好奇的話，內容基本上就是可以預期的那些。原本那位大嬸來我們家的理由，是為了追究前一天我把天花板敲得震天響的事，結果我又被抓到弄哭他家老么的把柄，於是話題不停在家庭教育問題上繞啊繞。看來樓上的大嬸活著的目的，就是為了折磨我。

大嬸打道回府後，我跟著力氣耗盡的媽媽進了玄關。旅行袋還放在客廳地板上，大概是一回到家就遭到樓上大嬸的襲擊。爸爸把雙手交叉於胸口，以雙腿大張的姿勢坐在沙發上。從那抿成一字形的嘴唇來看，足以猜到爸爸此刻的心情。

「你這小子，不要說幾個月，連幾週都忍不了，就那麼急著想回去那個地方啊？」

大嬸提到的內容，有幾件事我應該可以替自己辯解，我分明也有被冤枉的地方，所以小心翼翼地開了口：

「我沒有弄哭樓上的小鬼，是他自己跌倒的，反而他在我頭上……」

「吵死了，你有什麼資格頂嘴？」

在這之後的對話又是另一場火藥味十足的唇槍舌戰，所以也同樣省略。如果要把爸爸提到自己當年是個孝子的往事，再說到「真不曉得你這小子到底是像誰」的對話一字不漏地寫出來，我可能會氣到吐血身亡。雖然我並不想活得太長壽，但也不想早早就夭折。

就結論來說，因為媽媽哭了，所以反駁與再反駁的爭吵就這麼含糊結束了。但既然氣氛都已經糟透，爸爸似乎覺得必須以更糟的結局作做個了斷，自己才能雙腿一伸睡個好覺，於是對我下達了流放命令。

立刻從我眼前消失！

一句話彷彿撒了毒藥似的，讓我只能前往流放之地。

心靈風波

阿姨在房間外喊著，要我出去吃早餐。

昨晚，阿姨來帶走被爸爸逐出家門的我。看著停放在停車場的二手現代Avante震動得很厲害，總覺得出發之前車子就會拋錨，令我忐忑不安。媽媽在不知不覺中已擦去眼淚，非常有力地拍了一下我的背部，要我別垂頭喪氣，好好過個幾天再回家。看來媽媽們似乎真的很討厭子女垂頭喪氣的樣子。我知道是因為媽媽極力勸阻，我才得以不用回到醫院，所以乖乖地順從說好。

咚嗒、咚嗒、咚嗒嗒咚嗒，音響傳出了演歌的伴奏。阿姨在車子內聽音樂時會把音量調大，說是因為寂寞還什麼的。

「你剪了頭髮呢，很適合你。」

寂寞的阿姨說出了連父母也不會說的稱讚。說個祕密，聽到這句話後，我感到一陣鼻酸。

「連同昨天清空的份，多吃點。」

我走到廚房去看，餐桌上的食物豐盛程度不亞於昨天的晚餐。即便再喜歡美食，這一大早的，會不會太暴飲暴食了？這麼說來，阿姨也比以前胖了，我第一次擔心阿姨的健康。

我勉強吃著媲美生日餐的早餐，後來忍不住乾嘔起來。因為我才剛抵達阿姨家，就馬上把昨天的晚餐全吐出來了，所以阿姨也沒有再勸我多吃。

「會不會是食物壞掉了？」

阿姨伸出食指左右晃了晃，說了聲「No no」。阿姨說我胃不舒服是心理引起的，並說起從前發生過的事。

「阿姨有說過，以前我丟下家人的事嗎？」

「丟下外公外婆嗎？」

「還加上姊姊。是國中的時候。我跟家人們圍在一起吃飯，可是突然很討厭聽到窸嚕、嘖嘖的聲音。那時我就想，原來我不喜歡我的家人啊，所以我下定決心要離家出走，暗地做了準備。」

「阿姨曾經想離家出走？」

「很難相信吧？不過阿姨當時就跟你一樣氣焰囂張。就在阿姨物色離家出走後要去哪裡時，爸媽發生了車禍，說是當場就死亡了。雖然知道總有一天會永別，卻沒想到那一刻早已來到眼前。過了好久我才醒悟，就像對待別人，要是當初對待家人也能寬容一些就好了。」

我和阿姨不同，在跟家人相處的時候，我最喜歡吃飯的時間，因為沒有人說話。嗯，其實我也知道，不管是阿姨或我都是半斤八兩。說不定有一天我也會像阿姨一樣，後悔自己沒有帶著彷彿越過緩坡般的心情，和顏悅色地對待父母。

「我並不是討厭爸媽，只是偶爾受不了他們罷了。」

「跟姊姊說說這些吧。姊姊在你這個年紀時，父母不是都不在了嗎？所以才會想對你更好，她經常煩惱自己沒辦法成為好父母。」

我都不知道媽媽有這種煩惱。既然我不是個好兒子，媽媽也不必要求自己成為好父母啊。如果媽媽變成了好父母，那我就會有壓力，覺得自己也得變成好兒子才行。我喜歡媽媽，就只因為她是媽媽。

「你不吃這個吧？」

阿姨連同我的早餐也吃掉了。吃播不應該由昌聲哥來拍，而是由阿姨來拍才對，因為阿姨吃得津津有味，讓人把本來沒有的胃口都給找回來了。看來下次我得請阿姨把吃得幸福的祕訣傳授給昌聲哥。

阿姨去人權中心上班後，我躺在客廳呆呆盯著天花板。我原本打算出院後，要像其他孩子一樣度過平凡的十七歲生活，但世事卻不如我所願。

如果換個角度，站在爸爸的立場上去想，我也會因為養育像我一樣的瑕疵品兒子而感到不滿的。嗯，但我心胸寬大，不會像爸爸一樣大發雷霆就是了。不過比起爸爸友人們那些健康的子女，我確實是有點不起眼，也不是什麼讓人值得驕傲的兒子，又患有耳疾，還足足三種。唉！我對我這個人真的很不滿意。

阿姨說這番話想必是希望我和爸爸和解，但我越是咀嚼，就越忍不住貶低自己。陽光為什麼那麼燦爛呢？區區的自然現象竟也來嘲笑人類。像這種有滿滿厭世感的日子，就應該下場傾盆大雨啊，可是連老天爺也不肯賞臉幫忙。

為了躲避陽光，我把身體捲成毛毛蟲的樣子，感覺就像被重物壓住，身體不斷被往下拉。我拿起手機解除靜音模式，發現孝真、德煥和昌聲哥依序傳來訊息。孝真要我幫忙買便當，一副理所當然地又要求我跑腿。我才不買咧。我在心中暗暗回答後，讀取了德煥的訊息。他問我是不是拋下英文補習班了。就算我不去英文補習班，世界還是照樣運轉，所以pass。昌聲哥還是在講YouTube的事，我連回覆的力氣都沒有。剩下的能量必須用在憎惡我自己身上，要省著點用。

沒地方可以躲陽光了，陽光已經占據整間客廳，偏偏在這節骨眼，又因為到了午餐時間而覺得肚子餓。我的肚子還真是愛刷存在感。就在我苦惱著要用媽媽給的信用卡去買個粥來吃時，聽見了門砰的一聲關上。公寓的樓層噪音也不容小覷啊。等到樓上走廊的腳步聲消失，靜寂再次襲來。大家似乎都去工作了，又或者是在睡午覺，四周靜悄悄的——除了我的肚子。腸胃正在哀號著要吃飯，肚子連續發出咕嚕嚕的聲音，但我連用手機打開外送程式都嫌麻煩。

「**肚・子・餓。**」

嗯？怎麼回事？這句話的確說出了我的心聲，卻不是出自我的嘴巴，是我出現聽見內心話的錯覺嗎？

「**肚・子・餓。**」

我再次清楚聽見了肚子餓這句話。該不會是薄餅？我專注在耳朵上，細聽聲音是從哪裡傳來的。是外面嗎？又或者是公寓內？阿姨家是在二樓，所以也可能是聽見了對面建築物的聲音。如果再次聽見說話聲，應該就能掌握是不是薄餅了。

但我並沒有再聽見任何聲音。一段時間全心專注在聽覺上頭，弄得我頭暈目眩。事不宜遲，我立刻點了外送餐點來吃。

再次聽見聲音，是在阿姨聯繫我說會加班晚回家，要我先吃飯之後。阿姨喜歡吃東西，所以冰箱內放滿了只要加熱就能立即享用的食物，但我嫌拿鍋子出來麻煩，吃完之後還得洗碗。反正早晚也得把媽媽的信用卡歸還，就趁現在占點便宜吧。

再次點了外送餐點後，我用阿姨的筆電連上了「我們的ECO－」。道杜說他企劃了「減少使用免洗用品」專案，手腳可真快啊，說不定他一直以來都期待能跟同齡朋友們分享想法。

連上環保網站後，良心突然探出了頭，因為叫外送而累積的免洗餐具讓我產生了罪惡感。正當我猶豫如果餐廳距離不遠，要不要自帶容器去自取時，卻聽到了與剛才不同的聲音。這次是哭聲。我打算把敏感的聽覺發揮到最大限度，進入小房間。輕輕閉上眼，感覺聲音所引起的震動。震動的幅度逐漸擴大，也變更強了。聲音的來源是樓上，哭聲隱隱約約地持續，感覺是小孩子壓抑的抽泣聲。

壓抑的哭聲蘊含了許多訊息：從沒聽見其他人的聲音來判斷，小孩子是獨自在家，但即便家裡只有自己，他也不敢放聲大哭，而他忍住不哭的理由中也包括了肚子餓。

直到阿姨回來之前我都待在小房間。哭聲逐漸減弱，不一會兒就像被抹去似地停止了。不過小孩子依舊待在房間沒動，也沒聽見生活起居引起的噪音。他為什麼說肚子餓？這件事在我心頭上縈繞不去，讓我澈底忘了自己的問題。

「阿姨！妳知道樓上住誰嗎？」

「怎麼了？你跟樓上的發生什麼事嗎？」

才因為跟我家樓上住戶大吵一架被趕出家門，該不會才剛到阿姨家，就又跟樓上的牽扯上並闖禍了吧？阿姨的提問中充滿了懷疑。失去他人信賴的人，就是這麼卑微。

「什麼事都沒有，我只是好奇樓上是不是有小孩子。」

「樓上是最近搬來的，不太確定，但應該沒有小孩子吧。聽說住的是對年輕夫妻，倒是聽說不久前太太離開了家。」

「是離家出走嗎？」

「不知道，我沒確認過傳聞是不是真的，怎麼了嗎？」

「沒什麼。」

阿姨留心觀察我的表情，接著按下咖啡壺的電源。

「你要喝咖啡嗎？」

「不了，今天得睡一下。」

「我的乖外甥，這樣想就對了，今天就好好睡一覺吧。還有，如果有什麼事情擱在心上，隨時來跟阿姨談。」

早早就躺在床上，但因為認床而睡不著。已經幾天沒好好睡覺了？要是今天也失眠的話，肯定沒辦法保持神智清醒。我帶著這樣的煩惱輾轉反側超過三小時，最後好不容易睡著了，卻因為聽到**「砰！」**像是要把門給拆了似的開門聲而醒來。我在半夢半醒之間用手機看了眼時間，凌晨兩點。不知道我是不是在做惡夢時發出了慘叫聲，覺得喉嚨又乾又渴。

我帶著半張的眼皮到廚房喝了水回來，躺進被窩。做惡夢之後就難以入睡了，因為可能又會惡夢連連。我用棉被裹成條狀抱著，注視著天花板，這時聽見了成年男人的聲音。

「喂！喂！你是死了嗎？喂！」

這不是我在睡夢中出現幻聽，也不是我憑空想像出來的。我敢發誓，我在那晚聽見有人在問是不是死了。即便是寫下這些字的此時，我也自問好幾次，但答案只有一個：我真的清楚聽見了男人的聲音。在那之後，無論是男人的聲音或孩子的哭聲，我都沒再聽見，為此我徹夜不安。

我在客廳焦慮地等待阿姨醒來。當阿姨邊伸懶腰邊從臥室走出來，看到我一臉凝重時，猛然停下了腳步。

「阿姨！我有件事想麻煩妳。」

「一大早的怎麼這麼嚴肅？」

「阿姨是在人權中心工作，應該可以調查私事對吧？」

「這取決於是什麼樣的私人領域囉。」

「請確認樓上是不是真的沒有小孩子。」

我盡可能把昨天聽見的哭聲與深夜聽到的可怕問句鉅細靡遺地說給阿姨聽，阿姨用手托著下巴，緩緩點頭。

「聽你這麼一說，確實很奇怪，不過也可能是樓上有親戚的小孩來訪啊，我們也不知道樓上住戶是在什麼情況下說出這句話。你也知道吧？阿姨說這些是出自一片好意。」

我當然知道，所以才會在採取行動前先拜託阿姨調查。雖然阿姨允諾上班後就會去打聽，我還是不放心，因此待在小房間繼續細聽還有沒有別的聲音，甚至站到椅子上凝視天花板好一段時間。什麼聲音也沒聽見。這還是第一次我為了聽不見聲音而感到焦急不安。

就在我坐立難安地等待阿姨聯繫時，訊息通知響起。我就像從椅子上跳下來似地跑去查看手機。傳訊息來的不是阿姨，而是喬瑟。

世上還會發生這樣的奇蹟——我有好感的人主動聯繫我。我的心情已經超越高興，感到雀躍了。不過，我還是不能露餡。心口不一的我，盡可能用冷靜的口吻傳了訊息。

—為什麼傳訊息給我？

—聽說你被趕出家門了？

她又是怎麼知道的？知道我遭流放的人並不多，該不會又是孝真這個大嘴巴？可是孝真又不認識喬瑟。

—不是被趕出來的，是誰說的？

—你媽媽，因為她跑來我們家，說你爸不知道樓上蹦蹦跳跳，像是要把天花板給踩破的事，就把你趕出家門，問我們是不是感到痛快了。

媽媽似乎也發現喬瑟家吵得不像話了，兒子不是無理取鬧，不過也沒必要到處宣傳兒子被逐出家門啊。算了，反正她站在我這邊，我就姑且原諒她吧。

—什麼時候回來？

—不一定，等我爸解除我的流放令，怎麼了？

—回來之後多跟我說一些薄餅的事。

有別於之前在遊樂場的樣子，喬瑟率先對薄餅感到好奇。感到好奇也意味著內心有了餘裕。餘裕是對話時不可或缺的要素，我回覆喬瑟，約她明天在遊樂場碰面。

終於，阿姨聯繫我了。阿姨說透過兒童權利機關確認戶籍謄本，301號沒有申報出生的孩子。換句話說，原則上樓上住戶中不會有幼童。那麼，有可能如阿姨推測，樓上是有親戚的小孩來訪。儘管我以是自己太敏感做總結，心中的疙瘩依然揮之不去。我老是覺得好像錯過了什麼線索。

或許是因為我請阿姨幫忙調查，阿姨比昨天早回到家。她一邊在玄關脫皮鞋，一邊問我有沒有再聽見什麼聲音。我很感激她並沒有覺得是我聽錯了，或者拿別人家無關緊要的家務事來小題大作。

「今天沒有特別聽到什麼。抱歉，阿姨這麼忙，還拜託妳調查。」

阿姨一邊摩挲人造皮革表面，一邊坐在沙發上。沙發發出了「噗咻」的洩氣聲，阿姨屁股坐著的部分凹了個窟窿。

「兒童虐待大部分都發生在家中，因此周圍經常沒能察覺。就算同時聽見孩子的哭聲、東西碎裂聲、毆打聲、責罵聲，也不會認真看待。當那些聲音反覆出現時，就有必要打電話向一一二[2]報警，弄清楚是什麼情況。」

「報警？但也可能是單純管教啊。」

「的確如此，多半是管教的可能性很高，但拯救在家庭中面臨危機的孩子只需要一丁點的關心，所以不需要感到抱歉，我的寶貝外甥只是做了別人還做不到的事情罷了。」

阿姨對我露出了微笑。

吃完晚餐後，我和阿姨一起看被罵狗血，收視率依然居高不下的電視劇。我覺得很無趣，可是既然收視率這麼高，大概是我的喜好並不通俗吧。看完電視劇後，我回到了小房間。

「到現在還沒死？」

說巧不巧，天花板上頭傳來跟電視劇台詞一樣的粗話。我趕緊喊了阿姨，等她匆忙進房後，我用手指著天花板。

「我聽見男人的聲音。」

阿姨豎起耳朵。男人威嚇在哭的孩子快去死。

「有聽到男人說的話吧？孩子在哭，卻若無其事地說出那種話，應該算是虐待吧？」

面對想尋求同意的我，阿姨露出了為難的表情。

「我什麼聲音都沒聽到。現在男人在說什麼？」

男人的聲音很低沉，孩子只是不斷抽泣，並沒有放聲大哭，因此只有罹患聽覺敏感症的我聽見聲音是很理所當然的。該怎麼辦才好？可能是看我面露困窘，阿姨鬆開交叉的雙臂，按住我的肩頭。

「男人說了很可怕的話吧？」

「他問孩子你還沒死啊，追問為什麼他這麼倒人胃口，一下子出現一下子又消失的，而孩子在哭。」

「好，那別再猶豫了，報警吧。」

「報警？」

---

2 譯注：在台灣，若是發現兒童、少年、老人、身心障礙者遭受不當對待，不分縣市、全天候可以手機、市話、簡訊（聽語障人士）直撥「113」通報。

「我們要救孩子。」

之後的事情進展得很快。阿姨撥打一一二報警後，警察就出動了。我和阿姨在公寓外頭等候，向出動警察表明報案者的身分後一起到樓上。

警察按下三〇一號的門鈴，一個身穿領口鬆脫T恤的男人開了門。看到男人的那一刻，就有種在哪見過的既視感。警察才剛說出接到有人通報兒童虐待事件，男人的眼神便不安地游移，接著狠狠瞪著站在後頭的我們。

男人說家裡沒小孩，妻子離家出走後就一個人生活。他的聲音顫抖，表情焦躁不安。當警察表示要進屋查看時，男人馬上驚慌失措地想關上玄關門，雙方一時起了爭執。趁著察覺到異樣的警察阻攔男人時，另一名警察進入了屋內。男人為難地站在玄關門旁，頭朝著斜對角垂下，看向地板。

我好像真的在哪裡見過他。我注視著男人被汗水浸溼的T恤，然後跟男人四目相交。才剛跟我對上眼神，男人就迴避了視線。等等，我在哪兒見過那個下巴的傷疤。是在哪裡？下巴的傷疤……傷疤！啊！我想起來了，這人就是在孝真家咖啡廳醜態百出的男人。我的天啊！那個章魚傢伙竟然是我聽到的聲音主人。

「這個家中沒有其他出入口嗎？」

「哦，沒有耶。」

男人甚至邊搖手邊否認。

「我明白了，失禮了。」

就在把住家巡視一圈的警察打算結束調查時，阿姨挺身擋在警察前頭。

「等一下，孩子呢？」

「應該是您聽錯了，這個家裡沒有孩子。」

聽到警察的話後，男人的表情比我們更吃驚。

「怎麼可能沒有？明明就聽到聲音。您可能會覺得我們很無禮，但能讓我們進去看一下嗎？」

警察聳了聳肩，男人則是警惕似地握住門把。

「我們家真的沒有孩子，警察剛才不是也確認過了嗎？」

「為了相信先生您的說詞，我們還是想進去看一下。我在人權中心工作，就經驗上，孩子們有時會害怕警察，出於本能地想要迴避，因而藏在衣櫃或床底下。我們會小心避免影響您，只花一分鐘巡視。」

男人還沒來得及勸阻，阿姨隨即對我使眼神。我在警察們與男人兇狠的視線下走入玄關。從男人身旁經過時，聞到他渾身散發酒氣，家裡則是凌亂得一塌糊塗。空氣中瀰漫一股霉臭味，讓我忍不住摀住鼻子。這裡構造跟阿姨家一樣，就算不告訴我小房間在哪，我也能順利找到。小房間的門是敞開的，就如警察所說，不見孩子的蹤影。跑到哪裡去了呢？又或者是被藏在哪裡了？

我閉上眼，專注在聲音上頭。聽見了呼吸聲。不，是有動靜。我睜開眼睛，靜靜注視動靜來源處，但孩子依舊沒有現身。

「現在可以了吧？」

男人在不知不覺中來到我身後。孩子分明就在房間裡。感覺到動靜，卻看不見形體，表示孩子變成了薄餅，而且還是第三階段。我沒辦法把薄餅獨自丟在險境，轉身離開這個房間。

「那邊有孩子。」

我懷著迫切的心情脫口說出後，站在玄關的警察們立即跑來小房間。警察們神情嚴肅地環視房間內，反問孩子在哪裡。

「就在五斗櫃旁的角落。你，有聽見我說話吧？有聽到的話就出個聲。我會幫助你的，你說什麼都好！那別人就會看見你的樣子。」

回想起來，我真不該對著空氣尋找孩子的。我太焦急了，才誤判薄餅的存在感會隨著聲音出現，形體也會顯現出來，卻沒想到我在別人眼中會是什麼樣子。

我突然被當成了神智不清的人看待並被拉出房間。直到我出來為止，薄餅都沒有現身。我被推著走出玄關後，警察向男人表達歉意。

「很抱歉，因為收到舉報後必須先親自確認，這是程序規定。」

「不要緊，我能理解，畢竟也沒辦法靠電話掌握報案者的狀態。」

警察轉身後，我從正面看見了男人的臉。關上玄關門的他，揚起嘴角露出不懷好意的笑容。

我瞬間起了雞皮疙瘩。

拜訪風波

能理解我有多氣餒嗎？一下子變成天底下第一號大笨蛋的心情……再加上因為一時性急，錯失了拯救薄餅的機會，讓我充滿挫敗感。就算我極力想美化，這一切完完全全都是我的錯。

送走警車後，阿姨經過那個在公寓入口猛抓頭髮懊惱不已的傻瓜，一下子騎上停放在停放架上的自行車。阿姨一坐上座墊，車輪就稍微凹陷了一些。

「我的寶貝外甥，要不要跟阿姨在附近繞一圈？」

我知道阿姨說這話是體諒我，因為我喜歡走路。但此刻我需要的不是一個安慰我任何人都可能犯下這種錯的大人，而是嘴上雖嘲笑我是不是傻瓜，卻又和我一起找出解決之道的朋友。此外，我也覺得無臉見阿姨。

「沒關係，我去見一下德煥。」

「是嗎？那阿姨就久違地放鬆一下身體再回來，我先出發啦。」

阿姨踩起自行車踏板，動作就像鴨子在水中划水一樣不自然。我注視阿姨的背影，直到自行車從我的視野中逐漸遠去，戴上兜帽離開巷子。

我在抵達德煥家附近時打了電話。

「喂？」

「出來吧。」

「你在哪？」

「還能在哪？」

「知道了。」

我一邊踢著鋪在遊樂場地上的橡膠磚，一邊等待德煥。風咻的一聲吹來，發出咯咯嬉笑聲後消失了。遠遠就看到德煥一邊看著手機一邊走來。他和往常一樣把眼鏡往上推了一下後，身手敏捷地坐在鞦韆上。

「怎麼有氣無力的？」

「我開始懷疑起人生，考慮以後不再幫助薄餅。」

「為什麼？」

我也走向鞦韆，但沒有坐下，而是在周圍打轉。

「只有我能看到薄餅不正常啊。」

「又不是只有你，我也看到了啊。」

「你又不能區分出薄餅的輪廓或色感。」

「嚴格來說你也得聽見聲音才能看到啊，又不是一碰到就能確認薄餅的輪廓。相反地，我不是透過聲音，而是用眼睛掌握薄餅的存在。不過你為什麼突然不想幫了？」

「就覺得這樣有意義嗎？會不會根本多此一舉？別人連看都看不到，我卻像個瘋子一樣對著空氣尋找薄餅。我再也無法忍受別人認為我很奇怪了。」

「無法忍受就別幫了吧，處境困窘的人是薄餅，而不是你。」

德煥開始盪起鞦韆。假如我對薄餅的存在視而不見，躲在樓上的薄餅就永遠無法從家裡走出來了吧？他喊著肚子餓，不知道現在吃過飯沒有？

「說實在的，也不是無法忍受。」

我也在旁邊的鞦韆坐了下來。德煥則是噗哧一笑，一副我早料到會這樣的樣子。或許是德煥的從容不迫感染了我，總覺得稍早前拯救薄餅的事恍如隔世。等時間過了，傷痕上頭就會結痂癒合，我也才能平心靜氣地把在三〇一號的事告訴德煥。

「大人們非得親眼確認才肯相信。我能理解他們無法相信，但只因為自己不相信，就把別人當成騙子，未免太偏頗了。」

小時候，我才不在乎大人們相不相信我這種事，只要我相信自己就夠了。問題在於開始上學之後，每當我說看到薄餅，班上同學們就會發出「噗」的恥笑聲。

我之所以沒有問同學們，為什麼不試著去看見薄餅，是因為我知道一個真理——人類都是相同的。人類是憑藉薄弱的想像力生活，因此只能由我去理解普通人。

我努力揮動雙腿想盪高鞦韆，德煥也揮動起雙腿。鋼筋與鋼筋互相碰撞，唱起了不流暢的歌曲。在歌聲的間隔中，德煥的手機不停震動。德煥點開手機讀取訊息後，沒有回覆就關上了。我大概能猜到發訊人是誰。

「又有人告白了？這次是誰？」

德煥算是很講禮貌的人，通常別人聯繫時必定會回覆對方。只不過，如果是告白後被自己拒絕的人，他就不做回應。他會先鄭重地拒絕對方，並事先說明自己以後不會再回覆。他說自己也在單戀別人，沒辦法太殘忍地傷害別人的心，也沒有封鎖對方。孝真可知道這些？

「英文補習班的同學，明明都拒絕了，還是不停傳訊息來。」

即便是上同一間英文補習班，上天為某些人送來死對頭，又對另一些人送上了邱比特。我仰頭望著天空，那片夜空黯淡無光、黑漆漆的，恰似我的處境；不過，偶爾仍能看到星光點綴其間。我坐在鞦韆上，朝空中使勁踢去，盼望這劃過夜空的鞦韆聲，能掩住我那寒酸可悲的處境，於是一次又一次地朝天空踢去。

「你說樓上的男人問薄餅死了沒，對吧？那不就表示那男人看得見薄餅嗎？在那之前，薄餅應該是處於第二階段。」

德煥一語驚醒夢中人，樓上的男人能看見薄餅，並不是因為跟我一樣感覺敏銳，而是因為薄餅處於第二階段。那麼，會不會是男人要他去死這句話，徹底摧毀了薄餅不惜一切想守護住的心？

我說出推論後，德煥露出嚴肅的表情。

「當警察說家裡沒有孩子時，那男人之所以感到驚愕，是因為以為孩子會被發現，也就表示孩子是在警察到來之前，或是來過之後隨即變成了第三階段。或許孩子是下定決心要從世界上消失。」

破碎狀態的第三階段，是長久以來自我否定，即將從世上消失的狀態。倘若聽到別人要他去死的話變成導火線，導致他失去現身的勇氣，全身就會變成無法恢復的透明狀，以至於最終不留痕跡地消失於世上。

我無法眼睜睜看著事情演變成那樣。我望向漆黑的夜空下定決心——要找出正在哭泣的薄餅。我會找到他，牽著他的手，走向這個世界。

「我理解你因為擔心，現在急得像熱鍋上的螞蟻，但別輕舉妄動。你已經在樓上住戶面前暴露了自己，而薄餅又是第三階段，因此需要謹慎的計畫。」

德煥彷彿讀出我的心思，提出了建言。我沒有回應，從鞦韆上下來。繁星閃爍，夜空遙遙，而世界正敞開大門等待著薄餅，同時催促我，要我此刻就去救援。

雖然現在才提起，但我早知道如果向孝真提及關於薄餅的事，她會作何反應。孝真曾經歷第三階段，直到即將在世上消失前才被救出。年幼孩子的形體看不太清楚，意味著沒能獲得好好吃飯的機會。孝真也是因為沒能按時吃每一餐，直到存在感完全展現之前，健康狀況都非常糟。

樓上的薄餅有可能比孝真那時的狀態更嚴重。因為當初我是憑藉哭聲找到處於第三階段的孝真，但樓上的薄餅我卻只感受到他的動靜。若是孝真知道這種情況，肯定會說要立刻衝去營救與兒時的自己有所重疊的薄餅。就是因為了解她的個性，我才會去找孝真。

孝真正在用消毒水擦拭Jin Café的電梯按鈕，很高興地迎接我。

「你來啦？哎喲，齊聲君，眼球都充血了呢，大概又一夜沒睡了吧。」

「我有補了一點眠。不過，今天怎麼好像有點冷清？」

「景氣這麼差，讓人求職的士氣大減，又想到上大學能做什麼，所以就沒讀書的興致吧。我得先打起精神，客人才會上門嗎？就像這樣、這樣。」

孝真模仿起招攬客人的充氣人偶，誇張地揮動雙臂。德煥到底是覺得她哪一點有魅力？看來我得認真地勸勸他，讓他重新檢視一下自己的感情了。

「我見到那傢伙了，問說怎麼沒有床的傢伙。」

「你見到那個長得像章魚的傢伙？在哪裡？」

我把昨晚的事說給孝真聽之後，果不其然，她急得直跳腳，說要立刻去把薄餅給救出來。孝真曾是第三階段的薄餅，因此她肯定比誰都能理解此時薄餅的狀態。此外，薄餅又被囚禁在家中，健康狀況要比什麼都教人擔憂。

就在孝真聯繫昌聲哥說要調班時，手機響了起來，是喬瑟打來的。見我走到大廳角落接電話，孝真一臉感興趣的樣子，黏到我身旁努力想知道通話對象是誰。另一頭的喬瑟完全不知道發生什麼情況，問我為什麼沒去遊樂場。

這下慘了，我忘記與喬瑟有約了。現在必須立刻去拯救薄餅，沒辦法去見喬瑟。

「叫她來，我們一起去救薄餅。」

孝真一臉興奮地插嘴。喬瑟可能聽見孝真嘰嘰喳喳的聲音，反問我是誰在旁邊。聽到我說沒什麼之後，孝真掐著我的脖子吵著要我叫喬瑟過來。接著，她大概猜到我絕對不會讓她見到對方，於是乾脆高聲喊出阿姨家的地址，然後搶走我手機，強制結束通話。

「妳在幹什麼？」

孝真把我的手機藏在背後。就算我伸手想要搶回來，孝真仍左躲右閃，果然身體比我靈活多了。

「你是在跟誰通話？跟你的關係不尋常吧？」

「不尋常的是妳的眼神好嗎？根本就是中了邪。妳到底為什麼這樣？」

「如果你的初戀到來，我想比德少爺更早看到嘛。」

「早點看到要幹嘛？」

「就可以跟德少爺炫耀啊。」

「就為了這個，才搞這齣鬧劇？」

「畢竟有了可以跟德少爺炫耀的事啊。不管是鬧劇還是什麼，我都甘願承受。」

「妳是想跟德煥競爭？覺得很想贏過他？不對，妳是想獲得他的關注？」

孝真瞬間呆住了。我趁她一時失神，趕緊把手機劫走。

「我到底為什麼會想跟德少爺炫耀呢？」

「表示雖然妳不承認，潛意識還是對德煥有好感。」

孝真到現在還不太清楚自己的心。也罷，德煥可能也喜歡她這單純的一面吧。

「不過，到底是誰啦？」

「又不知道是誰，幹嘛叫人家來？」

「你不准叫她別來。」

「來了妳也看不到。」

「該不會是薄餅？」

真是眼明手快。要是五感也一樣發達就好了。我是憑藉聲音察覺薄餅，德煥則是小時候視力好，一下子就認出了當時是薄餅的孝真，但孝真卻感覺不太到薄餅，就算第一階段的薄餅就在身旁也多半看不到。她曾試著想跟我一樣辨識聲音，也曾戴上眼鏡，說要像德煥一樣用看的，但發現這樣不行、那樣也不成之後，她又跑去氣功修練院說要感應氣息，結果三天後就落荒而逃。

「原來真的是薄餅啊。這可真是大好機會。在你入院期間，姐姐我可是苦心鑽研了能認出薄餅的密技。我本來打算用在樓上的薄餅身上呢，看來等你的初戀來了，我得先做個彩排了。」

不用聽也知道肯定是個荒謬的方法，但出於禮貌，我還是問了一下。結果她說，只要見到薄餅，自然就會看到了，讓我耐著性子忍一忍。她之前說要繼承父親的事業，看來已經對談判的技巧駕輕就熟了。不過那又怎樣，我對孝真的事業一點都不感興趣。

我正要打電話，孝真便掛在我的背上進行干擾作戰。我就這樣揹著孝真，總算聯繫上喬瑟時，收到了她已經出發前往阿姨家的答覆。這麼快？喬瑟的行動力好強，完全不輸給孝真。人家都已經出發了，也不能叫她回去，所以我們也趕緊叫計程車。

率先抵達的喬瑟站在公寓附近。當我們走下計程車時，喬瑟便朝我們走來。孝真察覺到我的視線，朝喬瑟所在的方向要跟她握手。

「妳好，我是負責保護成齊聲的金孝真。」

喬瑟投來「她是誰？」的眼神。我使眼色要她往旁邊移動，喬瑟便悄悄地離開孝真的半徑範圍。孝真依然笑瞇瞇地伸出手。看來我得把說她眼明手快的話給收回了。

「金孝真，妳說能認出薄餅，是在信口開河吧？」

「不是有薄餅走過來嗎？」

孝真這才放下手。

「人是來了，但不是那一側。」

「你等著。別告訴我在哪裡，讓我猜一猜。」

孝真朝四周嗅個不停。畢竟是初次見面，卻好像只有一方赤裸裸地暴露自己，所以我趕緊制止孝真。

「我真的練習了超多超多次。你用耳朵聽，德少爺用眼睛看，而我用氣味找到薄餅的話，我們就所向無敵了。」

「妳的精神可嘉，可是現在有點……」

這時喬瑟經過我身旁，輕輕地握住孝真的手。孝真一臉受驚的樣子望著側邊。喬瑟原本如影子般陰暗的身體瞬間明亮起來。原來只要下定決心要暴露自身的存在就能立即現身啊。不過在那之前，是孝真努力感受薄餅存在的心打動了喬瑟，才有可能發生。

「手好溫暖。」

這是孝真親眼見證薄餅首次完全現形的瞬間，她回握喬瑟的手，笑得很燦爛，彷彿在說，自己苦心修煉終於有了回報。

在阿姨家中制定薄餅拯救計畫之前，我們決定先試著推理一下樓上的狀況。

第一，樓上的男人知道忽隱忽現的薄餅存在嗎？結論是YES。就在警察敲門前的十分鐘，男人還詛咒薄餅要他去死，這就表示他看得見。然而警察卻沒看到薄餅就走過去了。而那男人之後也看不見薄餅，所以肯定知道事實是什麼。

第二，薄餅是否身處險境？結論當然是YES。有人通報兒童虐待後，男人會對鄰居開始盯著自己家的事實感到有壓力。他肯定會戰戰兢兢，擔心理當沒有孩子的家中會留下任何蛛絲馬跡。那麼，他就有可能試圖除薄餅而後快。

第三，倘若樓上並沒有申報戶口的孩子，那薄餅究竟是誰？結論是個問號。會是誘拐嗎？生下孩子但沒有報戶口？是認識的人或親戚託付的孩子？考慮了各種可能性，但真相依然像團迷霧。但有一點倒是可以肯定——樓上的男人並不希望孩子被發現。

第四，拯救薄餅的方法是什麼？結論是得先進入那個家中。不管他是遭人囚禁或把自己關起來，又或是有什麼不能出現的苦衷，首要之務都是讓他回到世界上。無論是他對世界的好奇心、內心狀態或健康問題，都等存在感恢復後再依序解決就行了。

為了進入樓上的住家，第一次我們選擇最高雅的方式——按門鈴。

「要是能發生奇蹟，一按下門鈴，薄餅就來替我們開門就好了。」

我們先等樓上的男人離開家裡，便站在三〇一號前等著。孝真說要接收能量，輪流握了我和喬瑟的手，一邊唸咒語一邊按下門鈴。裡面沒有任何動靜，也沒有回應，孝珍連續按了幾次門鈴後，乾脆用手掌敲起門。

「小朋友！你在家嗎？我們不是壞人。如果你在家的話，麻煩你開個門。」

孝真將耳朵貼在玄關門上，接著把我也一起拉過去聽。明明用說的我也能聽懂，卻硬要親自示範，看來她是真的很焦急。

我一邊感受冰涼的觸感，一邊專注在耳朵上並閉起眼睛。要是聽見哭聲至少還能放心，但很不幸地，什麼聲音都聽不見。見我搖頭，孝真便像是來接班似地再次將耳朵貼在玄關門上。

「是不是餓過頭，所以現在連哭的力氣都沒有了？」

哭累的狀態應該早就過了，說不定是連喝水的力氣都沒有，引起脫水症而昏厥過去了。事不宜遲，不能再拖了。

孝真掀開門鎖蓋，留心檢視數字鍵。她把從阿姨家拿來的麵粉撒在數字鍵盤上，打算查出密碼，但幾乎每個數字上頭都印有指紋，等於是白費力氣。她也在 YouTube 上查看開鎖方法後，弄彎鐵絲準備嘗試，卻發現門縫太小，無法插入，只能放棄。最後，孝真甚至想佯裝忘記密碼，找鎖匠來開門。

「那樣就越線了。知道我們到現在嘗試的方法都是違法的吧？」

在至少還存有一絲理性的喬瑟勸阻之下，於是作罷。

「那就先用合法的方式確認薄餅是不是還在家裡吧。你說薄餅是在小房間吧？我上去看看。」

「上去？去哪裡？」

「透過你阿姨家的窗戶到樓上。」

「有防盜窗，所以出不去。」

「這樣正好，只要從一樓抓著防盜窗爬上去就行了。」

「就算爬上去了，妳也看不到薄餅啊，該不會又想靠氣味找出他吧？乾脆由我來爬吧。」

「齊聲君！沒有小看你的意思，但以運動神經來說，還是姐姐我更勝一籌啊。而且，我身為薄餅第三階段的前輩，也可能發現不曾變成薄餅的你所看不到的東西啊。」

喬瑟靜靜地聽著孝真和我一來一往的對話，突然插嘴說了句「等一下」。

「你們要冒著危險，沿著牆面爬到三樓？會不會太魯莽了？為什麼要做到這一步？」

「因為必須拯救薄餅。」

「我明白拯救薄餅的重要性，但也沒必要為此賭上你們的未來啊。爬牆是不合法的，要是爬牆的途中被居民抓到，你們打算如何辯解？還有可能被警察抓走。你們就不擔心生活紀錄簿[3]上會留下什麼紀錄？」

孝真一臉開朗地回答：

「我不想去想以後的事。每天讓人操心的，不就是以後的事嗎？像是想要過好生活就得上大學，或是得上哪間大學之類的。未來的夢想，至今我已經想過許多了，往後也會繼續煩惱，所以我想把未來的擔憂暫時擱在一旁，現在就只想著薄餅。」

「一不小心可能會受傷。」

「薄餅是賭上了性命苦撐著，我受點傷不算什麼。」

喬瑟認為就算澈底失去存在感，沒人認出自己也無所謂。她對世界沒有任何留戀，與他人之間也保持距離。因為有這種想法，喬瑟肯定無法理解何以孝真要為了薄餅而不顧危險。終究只是陌生人，對方也沒有率先伸手要求協助，而且就算幫了，說不定薄餅仍會消失，何必苦心費力地出手幫忙？她肯定感到不解。

我好像能明白，急得直跺腳的孝真與背對我們的喬瑟，其實心意是相同的。儘管喬瑟自己尚未察覺，但她想拯救某人的心，其實與我們並無不同。為了讓她明白這點，我特意補上了一句：

「薄餅是因為內心的一部分持續遭到踐踏，才會失去存在感。就像妳將枯萎的花朵重新種在土壤裡，我們也只是想讓薄餅穩穩地踩在世界上。」

喬瑟充滿確信的表情褪去，首次露出迷惘的神情。薄餅、枯萎的花朵，以及被孤立的人。或許，我們一直都以各不相同的方式在守護著什麼。

「不用擔心，只要我們在下面好好把風就行了。就算被逮到，就說有事到阿姨家才爬上去，就會放我們一馬的。」

當時我只擔心會有人檢舉我們。我誤以為孝真運動神經出色，要爬到三樓並不困

3　譯注：這份「生活記錄簿」記錄了學生的學業成績、出缺席狀況、品行評價、課外活動、獲獎經歷等，對韓國學生來說非常重要。特別是在申請大學時，許多學校會根據紀錄簿的內容來評估學生的學習態度和個人特質。

難，所以就說反正也沒損失，姑且一試。

孝真敲了敲一樓的窗戶，確認沒人在家後，就抓著磚頭之間的縫隙踩上了窗台。她伸手抓住阿姨家的防盜窗，憑著這股力量，一口氣爬到了二樓。接著，她抓住了三樓的窗台，但幾次想把防盜窗當成踩踏點卻都失敗後，她改變策略，爬上不鏽鋼欄杆。

正當我覺得孝真的身手猶如雜技演員般輕巧時，她踮著腳尖的身影突然晃了一下。

「啊！」最先聽到的是孝真倒抽一口氣的驚呼。事情發生得令人措手不及，孝真的手鬆開了窗台，從半空中墜落並摔在水泥地上後，她就再也沒有站起來。

醫院風波

到這邊是我這段時間發生的事。

從二樓墜落的孝真腳踝骨折，打上了石膏，聽說至少要休養一個月。我還來不及為在一旁搧風點火，害得她進醫院的事情道歉，就被爸爸拖去精神治療中心強制住院了。辦理完入院手續後，爸爸似乎完全不想看到我的臉，頭也不回地就離開了。

不過是兩天前發生的事，感覺卻像是非常久遠的歷史。薄餅現在過得如何？是否安然無事？只要想到我被關在醫院的期間，薄餅的生命一點一滴地凋零，我就覺得快失去理智了，所以我大鬧一場，並獲得把這段時間發生的事書寫下來的機會。

我拿著寫得密密麻麻的筆記本進入院長室。身為我的主治醫生兼醫院院長的庸醫老頭查看一下病歷表後，目光移向我手上的筆記本。

「這麼快就都寫完了？不是熬夜寫的吧？」

當然是熬夜，但我回答說沒有。庸醫老頭露出信任的眼神，真是不會察言觀色啊。

「我會慢慢讀的，你先出去吧。」

「請您現在讀一下，時間非常緊急。」

庸醫老頭放下病歷表後，透過眼鏡鏡片靜靜地注視著我。拜託、拜託、拜託。不知是否我迫切的眼神起了作用，庸醫老頭才總算識相地說好吧，翻開了筆記本。

我焦慮地抖著腳，但在被警告一次之後，只好一邊咬指甲一邊乖乖等待，我甚至還數了庸醫老頭零食籃中的巧克力個數。就在喜愛甜食的庸醫老頭嗑掉十個巧克力期間，筆記本才勉強翻了一頁。我甚至擔心他在讀完之後，會不會早已滿口爛牙，就連叫我出院的話都講不出口。經過很長一段時間，摘下眼鏡的庸醫老頭輕輕地按了按眼睛。

「比起剛來醫院時的語無倫次，現在條理清晰多了。」

那當然了，這可是我的精心傑作，不過庸醫老頭的臉色卻莫名暗沉。

「但是，從薄餅至今仍會登場來看，你似乎沒有考慮到我建議你誠實書寫的部分。」

「因為薄餅是真的存在。」

「你從五歲開始就如此主張，所以我個人相信薄餅是存在的，但身為主治醫師的想法就不同了。不如用其他視角來看待薄餅怎麼樣？就是假定薄餅為虛構的存在，回頭檢視你的行動。對你來說，這個方法會很極端吧，畢竟你已經相信薄餅的存在超過十年了，這也是理所當然的。假如已經試過極端的方法，還是會看到薄餅的話，到時我就會跟你父親談一談，讓你出院。」

「您不是承諾，只要寫下試圖侵入樓上住戶的理由，就會放我出去嗎？」

「那個承諾依然有效。只要用我提議的方法稍微修改文章，應該就能立即得到結果了。」

第一個感覺是我被騙了。連把我當成飯碗的人都無法遵守約定的話，究竟我還能相信誰？接著我所湧上的情緒，是要不要卑微地抓著他的褲腳求情。然而，理性以些微的差距領先，率先扶起了被踐踏的自尊心。

我會靠自己的力量找到逃出醫院的辦法。我絕對不會中庸醫老頭的圈套。我把放在他辦公桌上的零食籃中的巧克力全數倒了出來，用力打開院長室的門走出去。

一走出院長室，我就被待機的護理人員抓去接受復健訓練了。這個訓練會逐漸提高分貝的強度，讓我聽見各種聲音，確認是否出現抗拒反應，但也是個不怎麼可靠的訓練。

前面也提過，我所認知的聲音大小會隨著情緒而改變，因此心情好到爆炸或分心時，就算負責復健的醫生在我身旁吹小號，我也很容易忽略聲音。但這種日子很少有，通常我都會挑各種毛病，指出訓練的問題點。復健醫生與我之間的較量，通常到最後都是以我放醫生一馬作結，但我現在心情糟透了，所以決定槓到底。

好不容易結束不管是醫生或我都很厭倦的復健訓練後，午餐時段差不多結束了；雪上加霜的是，寫著關於薄餅內容的筆記本消失了。雖然我在患者們以特有的呆滯神情盯著電視的休息室四處翻找，卻都沒見到筆記本的蹤影。不過仔細想想，找到筆記本之後要幹嘛？反正筆記本上頭也沒寫我要逃出醫院的方法之類的，還不如把時間花在蒐集能協助我逃出的裝備呢。

我從儲物間拿走膠帶。就在我把膠帶藏於公廁時，聽見了腳步聲。等我從廁所隔間走出來，看見朴護理師站在鏡子前，映照在鏡子中的輪廓很模糊。我出院前他分明還不是薄餅，不知道這段時間發生了什麼事，現在變成薄餅第一階段。

我倆的眼神一交會，朴護理師便緊張地縮起肩膀。我曾見過他因為性格內向而被護理長警告過幾次。畢竟是以服務人民為業，太過怕生自然容易被挑毛病；當畏縮的情況反覆出現，人就會顯得萎靡不振，自尊也會自然而然地變得低落。

我馬上跟著朴護理師離開廁所，結果差點撞上他厚實的後背。朴護理師停下來躲在牆壁後面。吳護理師和申護理師對著尷尬站著的我輕輕打了聲招呼，接著兩人一邊竊竊私語，一邊從走廊經過。

「今天和朴護理師換班了吧？」

「不愧是值班的冤大頭，一下子就跟我換了。都表現得那麼明顯，就是大家要一起出去玩才申請換班的，他卻一直裝作不知道。平常跟人講話時也不敢看對方，整個人手足無措的，倒是還滿懂得察言觀色的嘛。」

「這下正好啊，護理長要求整理的文件都交給他了吧？」

「當然啦，他在文書處理方面可是一把罩。我等明天早上拿到就去跟護理長報告。」

這間醫院是大家輪流霸凌別人嗎？一年前他們就曾以身材圓潤為由排擠幫傭阿姨，導致對方變成薄餅，大概到現在還沒改掉這種惡習吧。

看朴護理師縮起肩膀的樣子，八成把兩人詆毀他的談話內容都給聽進去了。沒有什麼比大人垂頭喪氣更教人心酸的了。雖然我忙著尋找裝備，但協助薄餅仍是我的任務，所以我決定忠實於我的角色。我走到走廊上，出聲喊了兩位護理師。

「護理師，不好意思，我今天沒吃午餐。」

「啊！這樣啊？現在餐廳應該已經關了呢。」

「午餐沒吃倒是沒關係，但是藥物該怎麼辦呢？」

「是飯後服用的藥吧？我向幫傭阿姨確認後，再把吃的送到你的病房去，請你吃了之後再服用藥物。」

「謝謝。」

護理師一邊轉身，一邊用比剛才要小的音量嘀咕。

「煩死了，他為什麼到現在還沒吃飯啊？」

「噓！他會聽到的，他不是聽力非常靈敏嗎？」

沒錯，我都聽見了。既然聽見了，就表示我也跟這事扯上了關係。我向低垂著頭、一臉彷彿經歷喪國之痛的朴護理師詢問能不能借一張有輪子的椅子。換作是平常，朴護理師一定會詢問為什麼需要椅子，但可能一時因為兩位同事在背後詆毀他而失了神，所以連理由也沒問，就手忙腳亂地說要去拿來給我。

趁著朴護理師去拿椅子的時候，我又趕緊把事先藏好的膠帶帶上。**喀哩喀哩**，朴護理師拖著椅子來到洗手間前。他似乎是在搬運椅子的途中恢復了理性，這才問起用途。我沒有回答，而是從患者服口袋中取出巧克力。

「請您坐在這，無聊時就請剝開巧克力吃。」

朴護理師糊里糊塗地接過巧克力，一臉不解地看著我。我恭敬地指著椅子。個性內向的朴護理師連「為什麼要坐下？」都不敢問，猶豫不決地坐了下來。當我做出要他吃巧克力的手勢時，他露出了彷彿被宣判死刑，必須吃下毒巧克力的悲痛神情，俯視手中的巧克力。我聽著他拆開巧克力包裝紙發出的窸窣聲，撕開了膠帶，接著用膠帶把朴護理師一圈圈纏繞住。才一轉眼，他就被綁在椅子上頭了。

「哦！哦？你在做什麼？」

朴護理師不斷掙扎，於是我將手指貼在嘴唇上要他安靜。

「噓！我想送點禮物給護理師您。我會把您的存在感提升到無人能及的地步。」

我在拚命反抗的朴護理師身上也纏上膠帶。他在胡亂揮動被綁住的手時，指甲不慎劃過了我的前臂。

「啊！對不起。」

傷口有些刺痛，但我裝作若無其事地對朴護理師露出笑容。朴護理師生性膽怯，奔跑時肯定會尖叫吧。尖叫是我最討厭的，所以我保持著臉上的笑容，毫不留情地用膠帶封住了朴護理師的嘴巴。

醫院異於平時，格外安靜，總是熙熙攘攘的走廊上也沒有半個人。這彷彿是神給我的啟示，要我讓這場挑釁行動成功。朴護理師像是有話要說似的，發出了「唔、唔」的聲音，這不足以妨礙我的計畫。我牢牢握住椅背兩側，確定重量集中在椅子後方，不會造成椅子翻覆。

「準備就緒了，那現在就出發囉。請您抓牢。」

我推著椅子快速跑過走廊，並且高聲吶喊要大家來圍觀。在休息室的患者們都伸長脖子注視我們，院長室的門也打開了，在辦公室工作的護理人員們也來到走廊上。

「Stop！」

讓椅子停下來的是護理長。看到那威嚴的氣勢，我也不由自主地鬆開手。有了加速度後，椅子兀自繼續往前滑去，朴護理師嚇得臉色刷白。

護理長下令把椅子拉過來，全身散發出冷冰冰的氛圍，雙手交叉於胸前。

「成齊聲同學！先前之所以容忍你的叛逆行為，是因為沒有越界，但你這次似乎做過頭了。你必須對引起這場騷動提出合理的理由。」

「是因為朴護理師太吵了，我忍不住報了仇。」

「朴護理師做了什麼？」

「他拆巧克力包裝紙時弄得沙沙作響，只要您親自聽一下，就能理解有多刺耳了。讓我示範給您聽。」

我從口袋取出巧克力包裝紙，弄出窸窸窣窣的聲音。護理長的眉頭鎖得越來越緊。

「你今天吃過藥了嗎？」

「啊！對了，原來我沒吃藥啊，難怪……可是也沒辦法啊，吳護理師和申護理師明知我沒吃藥，卻放任不管。」

可能是我刻意的口齒不清發揮了效果，護理長把嚴厲的眼神轉向辦公室的方向，站在門前的兩位護理師嚇得連連搖手。

「這位病患，我們哪有放任不管？你可別隨便誣賴啊。」

「你們說要替我準備食物，好讓我能服藥，可是又沒來啊。」

在醫院，藥物服用是個敏感問題。按照計畫巧妙地把懷疑渲染擴大後，患者與院內人員的目光都聚集在兩位護理師身上。感受到眾人目光的兩位護理師低下了頭。

「快點道歉啊，你不是說要準備成齊聲病患的餐點嗎？」

意識到周圍視線的吳護理師裝得一副正義凜然。被吳護理師撞了一下側腰的申護理師則是很無言地哼笑一聲：

「是說要一起弄吧！你打算獨自脫罪啊？」

我本來只是猜想，但沒想到還真的沒弄。就像把工作推給朴護理師時一樣，吳護理師和申護理師也急於互相推卸責任，澈底顯現出排擠他人時看似堅固，實則不堪一擊的關係。對於醫院生活中需要來點刺激的患者們，也開始對著爭吵不休的兩人指指點點。

「到此為止。」

四周頓時安靜了下來。護理長環視一圈後，首先做的事情就是把朴護理師從膠帶束縛中解放出來。護理長拍了拍失魂的朴護理師背部，溫柔地說一句「辛苦了」。從今以後，朴護理師將永遠被視為曾被強迫症患者襲擊的可憐護理師，並受到病患們的關注。這正是我精心之作。那些以排擠他人為樂的護理師，如今將無法再信任彼此，而朴護理師也不會再淪為無人理會的命運，因此形體輪廓也不會再變得模糊了。可是，朴護理師為什麼在哭呢？

讓朴護理師的情緒穩定下來後，護理長接著朝申護理師和吳護理師投去嚴厲的眼神。儘管眼前上演了一齣嘮叨地獄的戲碼，至少這次並不讓人討厭。嘮叨中隱含著警告——風水輪流轉，今天你輕視同事，改天你也可能遭受相同的命運。護理長似乎也知道醫院這段時間的氣氛是怎麼樣的。既然知道有人明目張膽地把別人當成透明人對待，就早點出面解決嘛。

護理長見我眼神充滿了遺憾，把嘮叨的矛頭指向我，說什麼就算覺得聲音刺耳，也不該做出這麼危險的行為。護理長察覺到我心不在焉，於是瞪大眼睛。明理大人的眼神具有讓人心虛的力量，我趕緊以吃藥為藉口，悄悄地離開了現場。

雖然為了引起這場騷動而暫時忘了，但我原本是在尋找能逃出醫院的方法。備用品頂多也只有膠帶那類的，所以就算來了個發明大王，看起來也很難打造出逃脫工具。我決定改變方式，尋找庸醫老頭能答應的談判事項，又或是威脅。

我突然想到了一個點子——抓一個能放到談判桌上的人質吧。既然稍早前有了成功拉著朴護理師到處跑的經驗，想必不會太難。為了物色足以讓庸醫老頭頭疼的人質，我環視休息室一圈。患者虛弱無力，護理師不近人情，除了他們之外還有誰？

鏘啷鏘啷，休息室突然傳來一陣聲響。原來是目光被熱鬧的綜藝節目吸引的幫傭阿姨，不小心用拖把打翻了水桶。賓果，我告訴蹲下來擦拭水的幫傭阿姨跟我來儲物間，之後便得意洋洋地離開了休息室。

穿著起毛球的藍色制服的女士，以手腳被捆綁的狀態坐在我面前。因為我把幫傭阿姨趕進儲物間後，就像對待朴護理師那樣，毫不留情地用膠帶把她給纏住了。由於用了半捆膠帶來綑綁她，黏膠導致我的手變得黏黏的。

我用膠帶纏繞幫傭阿姨全身的這段時間，她連眼睛都沒有眨，反而看起來特別輕鬆自在，跟剛才的朴護理師形成對比。護理長安撫過後，朴護理師好多了嗎？是因為看見朴護理師哭泣的緣故嗎？總覺得內心有些過意不去。

「阿姨！因為一些原因，我必須到醫院外頭，所以現在您是我的人質哦，知道嗎？」

阿姨移動下巴點了點頭，腫脹的手指不再動來動去。

「好。」

「直到這個計劃成功、我也逃出為止，阿姨您會被關在儲物間的，直到有人來釋放您為止。當然，我一出去就會洩漏阿姨您的位置，所以不需要太過擔心，但在那之前您必須安分地待在這裡。到這邊您都同意吧？」

阿姨現在根本連看都不看我了。她正看著置物架上的捲髮器。到底為什麼儲物間會有捲髮器啊？

「您理解現在這個狀況吧？阿姨您馬上就要被關在儲物間了。」

「知道。」

「不害怕嗎？」

「今天累了一整天，休息一下不是很好嗎？話說回來，我肚子有點餓了，給我點巧克力吧。」

我反射性地從病服口袋掏出巧克力遞過去。阿姨上下晃了晃那對結實的臂膀，不知不覺已經鬆開膠帶，接過了巧克力。

「您怎麼知道我有巧克力？」

「院長說你把巧克力都拿走了，要我重新把零食籃填滿。先不說這個，聽說你剛才弄哭了朴護理師？他雖然個頭比較大，但個性單純，沒辦法接受這種玩笑，你去跟他道歉吧。」

「我哪有弄哭他？反而是我差點哭了。朴護理師用指甲狠狠劃傷了我，劃得超用力的。您看。」

我讓阿姨看留在前臂上的抓痕。

「是你先綁住人家的啊。」

「我有說是因為護理師很吵啊。」

「你來這就是為了治療那個的。」

阿姨說得沒錯，我也不好回嘴。

「你會道歉吧？」

「看情況。您要是見到朴護理師，請轉告他要有自信。」

不要又消失了。這句話，我吞進了肚子裡。

「你其實是要幫助朴護理師吧？擔心他會因為缺乏存在感而消失，因為擔心他。」

阿姨也曾在遭到霸凌後短暫變成了薄餅，肯定要比任何人都理解朴護理師的處境。

「青少年為什麼要擔心大人呢？大人們要自己想辦法過好生活啊。」

「可是很奇怪，變成大人之後，卻比小時候過得更不好。」

「在將來要成為社會人士的人面前，要給他一點希望啊，您可別說得太現實了。」

「世界就是這樣子，還能怎麼辦呢？」

阿姨用胖乎乎的手指剝開巧克力的包裝，發出了沙沙的聲響。這樣一來，抓人質不僅沒作用，也沒半點意義。

我忍住嘆氣，緩緩關上儲物間的門。透過門縫，看見阿姨對我露齒一笑。阿姨似乎很高興難得能賺到休息時間似的，發出了輕快哼歌的聲音。最終，我還是忍不住嘆了口氣。

「齊聲啊！你還在外頭吧？如果有人找我，你也要裝作不知道。還有，抱歉了，麻煩你幫忙清走休息室的水桶。」

我被阿姨擺了一道。煩躁感瞬間湧上，我憤而關掉儲物間的電燈開關。

「謝啦。」

儲物間反而傳來阿姨樂於見到燈光熄滅的聲音。

「不過你聽見的哭聲，是年幼孩子的哭聲吧？」

我整個人瞬間清醒過來，猛然打開了儲物間的門。走廊上的光線流瀉而入，在阿姨的臉上形成陰影。我再次打開電燈，突來的光線讓阿姨睜不開眼。

「您怎麼知道？」

阿姨把筆記本遞給我。

「我在復健治療室撿到的。」

「騙人。是您沒說一聲就拿走的吧？我得趕緊修改內容，從這裡出去，可是卻因為您，時間一分一秒地流逝了。」

「你是因為又對人報仇而被關起來，難道會因為修改內容就放你出去？在我看來，恐怕沒那麼容易。」

我並不是因為復仇才被關起來的。正因為不是，才感到為難。因為薄餅陷入了危險，我卻什麼都做不了。

「你真的聽見了年幼孩子的哭聲？」

「我清楚聽見了。筆記本的內容都讀過了，您還是不相信嗎？」

「是啊，你肯定是聽見了。你的耳朵有點敏感吧？就像你認出我，你也認出了那孩子吧。不過，出去之後你打算怎麼做？讓他報仇嗎？」

「沒有，要救出他啊。如果我不救薄餅，他說不定會死的。」

我連珠炮似地說出這幾句後，突然再也無法忍受眼前這被囚禁的無力狀況。阿姨慢慢咀嚼著巧克力，同時陷入了沉思。

「你要救人的意志很堅定吧？」

「要我以血明志嗎？」

「講話別這麼酸。總之你的意志值得嘉許，我會幫助你逃出去。」

要怎麼幫？我還沒發問，阿姨就從座位上起身，把剩下的膠帶一把撕開了。阿姨彷佛突然變成力大無窮的超人似的，把手插在腰際上，說：

「我自有計畫。」

阿姨自信滿滿的氣勢感染了我，我的內心充滿希望。有阿姨站在同一陣線，彷佛有了強大後盾。

脫逃風波

所有患者都在餐廳用餐，大家都一臉無食慾的表情，慢吞吞吃著調味清淡的配菜。我夾在希望至少飲食口味能有些刺激的患者之間，一邊機械式地使用筷子和湯匙，一邊警惕周圍的狀況。這時正好和幫傭阿姨對上眼。阿姨點了一下頭，馬上離開了現場。這是我們之間的暗號。阿姨說，當她一點頭，我就把餐盤拿去歸還，盡可能動作自然地走到洗衣房。

阿姨提出配合晚餐時間逃脫的計畫。我問，看越獄電影時，囚犯不都是趁獄卒入睡的時間逃脫嗎？但阿姨再次表示自己得下班，用餐時間正好。這個逃脫計畫根本就是配合阿姨的行程。

我緩緩地走向洗衣房。已經用完餐點的患者們習慣到處走動，所以我的行動不會惹來注目，只不過每次碰到走廊上設置的監視器時，就會下意識地瞄一眼，以致我沒辦法完美遵守阿姨叮囑行動要自然的忠告。

我盡可能只把洗衣房的玻璃門打開一點縫隙，迅速閃身進去。阿姨已經先抵達了，而洗衣房就與平時看起來無異。我本來還以為到了洗衣房，眼前會出現逃出時能用上的各種裝備呢。阿姨可能一直在吃巧克力，周圍就只見到巧克力的包裝紙。該不會阿姨是在庸醫老頭的指使下來騙我的吧？我突然對阿姨叫我來四下無人的洗衣房感到狐疑。

「你知道怎麼做伸展操吧？先暖個身。」

「突然做什麼伸展操？」

「都是為了你好。」

「阿姨，我很感謝您幫助我，但我也得知道計畫是什麼，才知道怎麼做啊。」

我沒辦法不假思索地就照阿姨的吩咐去做，誰知道那會不會是陷阱呢？阿姨用厚實的手剝開巧克力，放入口中。

「你確定不管用什麼方法都想逃出去吧？」

我點點頭。為了拯救薄餅，我得做好什麼事都願意做的心理準備。我的決心彷彿傳達了出去，阿姨帶著真摯的眼神用食指指著待洗衣物收集箱。

「要我躲進待洗衣物收集箱？」

「你的想像力還真是貧乏，這可不是平凡的待洗衣物收集箱，而是祕密通道。」

「祕密通道？」

「它具有可以透過通道到外頭的設計。」

「又不是到圍牆外，如果只是離開這棟建物，不是用走的出去就好了嗎？為什麼非得要利用收集箱？」

「這是有歷史可循的。你知道這棟建築是院長的家族從日帝強占期世世代代延續下來的吧？聽說是獨立運動家作為據點使用的建築物。似乎是為了躲避日本軍隊耳目，從設計時就考慮了逃生路線。六二五戰爭時，院長的父親在北韓軍空襲下當作避難所，獨裁政權時曾參加民主化運動的院長也曾躲在裡頭，甩掉了便衣警察，連續三代都是作為祕密通道來使用。」

醫院的歷史就這麼突然地被搬了出來。庸醫老頭是獨立運動家的後代？六二五戰爭？民主化運動？雖然對他開始有些另眼相看，但疑問依然存在：離開這棟建築物後，接下來又要怎麼翻過圍牆？

「通道與停車場那邊相通。當你快到走出通道時，就會看見從外頭照入的光線。我已經在通道的盡頭搭了個大紙箱。出來後你就躲進去用紙箱蓋住身體，那麼我就會開車去接你。」

打開待洗衣物收集箱，發現真的有一條正方形洞口般的通道。做得真是澈底啊。為了在動盪不安的時代活下來，甚至打造了祕密通道，真感謝庸醫老頭的祖先啊。為了繼承這份崇高的意志，我的使命感油然而生，決心要讓這次逃脫行動成功。

「通道很窄，會吃點苦頭。」

所以才叫我做伸展操啊。我蹲下又起立，拉了拉腿部肌肉。在我做伸展操時，阿姨跟我分享了監視器的情報。

「停車場總共有五台監視攝影機。圍牆盡頭各一台，其中一台面向醫院；設置在醫院外圍的兩台是對著停車場；剩下的一台則負責監視停車場出口的路口。也就是說，你剛從通道出來就會被攝影機拍到。為了避免被拍，你必須把動作減到最少，否則還沒來得及翻過圍牆，就會在停車場被發現了。」

如果是在電影中，保全通常都是在吃飯、打瞌睡或翹腳分心做別的事，以致錯過了重要場面。在現實生活中，卻完全預測不到會發生什麼樣的事情。要是運氣不好，保全主要盯著的影像畫面說不定就是那條祕密通道。因此庸醫，不，院長大人的祖先們！請賜予想拯救薄餅的我好運吧！

祈禱結束後，我把上半身探入待洗衣物收集箱。那些獨立運動家究竟是如何在這裡來回走動的？就連骨架瘦小的我都覺得擠了。是因為大家的身體就跟他們的想法一樣靈活柔軟嗎？

我聽見了水**滴滴答答**的聲音。總覺得很不安，我好像會一直注意到水聲。有備無患，我要不要先吃個藥再嘗試？

「能辦到嗎？」

「真的沒其他辦法了嗎？」

「這是最好的辦法了。」

「可是我聽見了水滴聲，應該不會坍塌或被水沖走吧？」

「是因為有下水道的管線交錯在一起。你吃過藥了？」

「沒有，反正都是死路一條……我忍一忍吧。」

我意識到聲音後覺得空間變窄的經驗，是發生在空間很寬敞的時候，而這次是進入狹窄的空間，還不知道我的病會起什麼樣的作用。

「對了，我們的暗號是薄餅。你先做準備，等我一說出薄餅就趕緊上車。」

阿姨把頭燈遞給我。頭燈又是什麼時候準備的？阿姨好像很享受做這件事，準備得滴水不漏。阿姨幫我抓著收集箱的蓋子，方便我整個人進入，接著阿姨點點頭並蓋上了蓋子。四周突然變得黑漆漆的，我的心臟瞬間狂跳不已。關於這次的作戰計畫，我是心不甘情不願，但既來之則安之，也只能往前進了。

我曲膝跪著，用兩手按住通道的地板，一步一步往前走。外頭的聲音再也聽不見了，但裡面的味道非常濃烈。由於長時間沒有使用，有許多蜘蛛絲。我覺得自己快咳出來了，趕緊摀住嘴。每跨出一步，就多一分不安與鬱悶。

因為腰疼，頭燈的燈光晃來晃去。我究竟爬了多長的距離？他們會不會已經發覺我不在病房了？會不會知道我人不見了，引起了一陣騷動，所以阿姨也就招認了？如果保全人員就在通道的盡頭守著……我連想都不願想。

不管是下水道的水滴聲，或是邁出步伐時發出的金屬聲，我都很難再忍受下去了。竟然連祕密通道都充滿了噪音！這個通道肯定也是豆腐渣工程。唯一讓我慶幸的，就是通道窄得讓人無法回頭，所以就算聽見了刺耳的聲響，空間也不會變得扁平。說不定是因為大腦已經意識到身體早已是被壓扁的狀態了。

終於，我看到盡頭的光了。我生怕自己會變得進退兩難，內心一直提心吊膽。每跨出一步，我都害怕會碰上被丟棄的白骨，但還是平安無事地出去了，也看見了阿姨說的紙箱。現在就只剩下自然地滑進箱子裡，奔向自由了。

我坐在通道裡，先把頭部伸進箱子，然後迅速地把雙腳抽出來；接著，我戴著紙箱蹲坐。箱子吱嘎吱嘎地晃動，還搖晃得很厲害。該怎麼辦？不會是被發現了吧？費盡千辛萬苦穿越祕密通道眼見就要化為泡影了。假如保全跑來掀開紙箱查看，那麼我裝作得了失憶症，不管他問什麼都說不知道，然後泰然自若地回病房比較好吧？

就在我開始制定計劃失敗的備案時，聽見了車子啟動引擎的聲音。有人往我這邊開車。**嘰**！車子停了下來，隨後車門「**喀**」的一聲打開了。繼腳步聲之後，又聽見了車門「**喀**」的一聲關上。

「薄餅。」

不是阿姨的聲音，而是朴護理師的聲音。朴護理師為什麼在這？還沒來得及做出任何判斷，急迫的聲音便再次響起。

「我會假裝抬箱子，數到三的時候，你就趕緊上車。」

原來是祕密通道逃脫作戰計畫的成員啊。假如阿姨不是在醫院做清掃工作，而是進入國家情報院的話，表現肯定會非常出色。竟然連作戰計畫成員的身分資訊都保密到家，讓我忍不住讚嘆起來。

我配合朴護理師的口令坐上了車子後座。從外部看進來時，應該要像是一個紙箱被擺放在後座，因此我蜷縮著蹲坐在腳踏板上，上半身則是趴著的。

「辛苦了，穿越通道很艱辛吧？」

「一點小事，沒什麼，畢竟我這人的毅力可是一絕的。」

「是啊。不過，等一下。」

就在朴護理師正要出發的時候，阿姨突然要車子停下來。發生什麼事了嗎？我試著專注，卻只聽見引擎聲。

「齊聲，你向朴護理師道歉了嗎？」

情況緊急成這樣，阿姨的聲音卻慢悠悠的，在紙箱內的我不停嘀咕。

「還沒，我等一下再道歉，先趕快走啦，要是被人看見怎麼辦？」

「齊聲啊，凡事都有先後順序，想出發的話就先道歉吧。」

阿姨一反平時的作風，態度堅決。該不會是知道我對朴護理師的事感到後悔吧？其實我剛才被庸醫老頭搞得束手無策，又和負責復健的醫生較量一場後，聽到護理師在背後說我閒話，心情根本糟透了才這樣。只要時間充裕，我才不會拿著救人的名義做出橫行霸道的愚蠢行為，但就算回顧一百次，確實都是我做錯事。

「對不起，我剛才擅自把您綑綁起來，還讓您在大家面前丟臉，都是我的錯。」

幸好我是蒙著紙箱，如果得面對面道歉，我恐怕就開不了口了。但就算沒有直接對視，朴護理師的哭臉仍然在我腦中縈繞不去就是了。

「我聽阿姨說了，我是碰到薄餅的現象？不對，我的狀態變成了薄餅，所以你是在幫助我。阿姨有解釋給我聽，說是因為被醫院的人冷落，我的形體變得模糊不清，還說只要我對自己的存在有信心就不會再次消失，要我對自己有自信，成為對患者來說不可或缺的人。謝謝你，真的，我一定會成為為患者帶來力量的護理師。」

朴護理師說的話，也是阿姨對我傳達的忠告。她想讓我明白，就算不選擇偏激的方式，朴護理師找到自己存在感的方式就近在眼前，因為認真說起來，沒有存在感生活不盡然都是壞事，守護自己，不讓自己失去自尊與自信心，才是更重要的核心。

朴護理師開車的方式就跟個性一樣安守本分。他說醫院還不知道我人不見了，大概以為我不在病房，那就是在復健治療室，沒特別放在心上。

「現在來到正門了，你別動。」

我是屬於什麼愛唱反調的體質嗎？腳偏偏在這時候發麻了。刺麻的感覺從腿部蔓延到全身。車子停下後，警衛和阿姨一來一往地問候彼此。明明早上應該也見過面，怎麼還可以這麼熱絡啊？我不只腳麻，腰也痠到不行，現在已經撐到極限了。可能是感受到我在澈底發麻前稍微動了一下，阿姨趕緊向警衛道別。

叭！這時聽見了喇叭聲。

「哦！那是院長的車……」

朴護理師還沒把話說完，庸醫老頭就走下自己的車，一步步朝我們走來。該不會庸醫老頭察覺我逃跑了吧？我聽見朴護理師緊張地吞嚥口水。敲擊車窗的聲音響起後，阿姨的座椅晃動一下，車窗降了下來。

「我找妳好久，原來是跟朴護理師在一起啊。我問了護理長，說妳準時下班了，原來還沒走啊？」

「是的，院長，因為車子有點問題，時間延遲了。您有什麼話要說嗎？」

「我要求妳把巧克力補滿，可是卻沒下文，是巧克力沒有庫存了嗎？」

阿姨的臉上充滿了驚慌。她一直剝巧克力吃，結果那應該是要放進零食籃的份吧。

「哎呀，是我一時給忘了。最近記性真是……不，是因為在忙其他事。對不起，我明天會早點上班，一上班就幫您補滿。」

「好，不過那個箱子裝的是什麼？患者服嗎？」

朴護理師倒抽了一口氣，顯然是嚇到了，同時也是在暗示我，此時院長正盯著箱子看。站在醫院經營者的立場上，自然會覺得箱子內裝患者服很可疑。我擔心箱子會晃動，憋住了氣。

「啊哈哈！那個，我看患者服磨破好多洞，打算拿回去縫補。」

「就我所知，醫院內有規定要把破損的患者服丟掉才對。」

庸醫老頭的刁難讓我嚇出了一身冷汗。要是他以檢查患者服的狀態為由打開箱子，那該怎麼辦？萬一現在被逮到，阿姨和朴護理師都會被牽連的，最糟的狀況可能會被解雇。庸醫老頭充滿懷疑的語氣傳入我耳中。

「我親自檢查患者服，請拿給我。」

該來的終究還是來了。眼見逃脫就要成功，卻這樣功虧一簣。我緊閉雙眼，腦中快速捏造出我趁兩人不注意時搭上車的劇情。阿姨大概是乾脆把車門給鎖上了，先是聽見「**喀啦**」一聲，隨後又聽到警衛要求開門的聲音。阿姨低聲要求關上窗戶之後，我又聽見兩側車窗往上升的聲音，這時保全「**啊啊**」發出了慘叫。從車窗再次降下又往上升的聲音以毫釐之差出現來判斷，大概是警衛的手卡在車窗之間，趁著暫時降下車窗的空檔把手抽了出來。

「妳在做什麼？快打開門！」

這次敲擊車窗的人是庸醫老頭。朴護理師的座椅劇烈搖晃著，想必是因為他夾在中間來回看著阿姨和庸醫老頭。過了片刻，阿姨牛頭不對馬嘴地回答：「什麼？您說什麼？我聽不到。」

「箱子裡裝的確定是患者服嗎？為什麼不聽從命令？該不會……是挪用公物吧？」

我心想這下事情鬧大了，一時驚慌，肩膀不由得顫了一下。就在那一刻，紙箱也跟著微微晃動。雖然我人在箱子內，卻感覺到所有人都在盯著我。果不其然，庸醫老頭氣呼呼地拉住後門的把手。

「那是誰？你是誰啊！」

阿姨敲了敲紙箱，叫我出去。我從紙箱掙脫出來後，幾乎把額頭貼在車窗上的庸醫老頭嚇得連連倒退。

「你……你，成齊聲？」

平常裝得一副斯文模樣，結果一慌張就直接用『你』來稱呼病人。我沒質問他是不是故意拖延時間，好動搖我要出去的意志，而是對他笑了笑，結果庸醫老頭反而發起頑固倔強的臭脾氣，開始口吐穢言。只因為我笑，就該接受這種待遇嗎？這世界真是苛薄無情啊。

「快落跑！」

在阿姨的命令下，護理師使勁踩下油門。車子啟動，庸醫老頭在後頭吸著陣陣廢氣，氣急敗壞、不間斷地大喊我的名字「齊聲」，聽起來真的就像是有好多人在齊聲大喊似的。

直到確認因為自己沒見過薄餅就不相信的老古板沒跟上來後，朴護理師才放慢了車速。他們兩人一對上眼神，便突然開始咯咯笑起來。我問眼見飯碗就要丟了，有什麼好笑的？阿姨一邊將安全帶掛在自己上下起伏的肚子上，一邊回答：

「不只是有趣，而是到了刺激的程度了。天啊！我居然說出『快落跑！』這種話。我活了五十個年頭，一次也沒說過。」

「我也是第一次開那麼快。心臟狂跳不止，後背也起了雞皮疙瘩，但奇怪的是有股快感。」

「哈囉？兩位現在是在努力克服即將被醫院開除的絕望對吧？是在逃避現實吧？」

「失去我這種一人抵好幾人用的資深老員工，那是醫院的損失，我可沒什麼好遺憾的。」

「我也是。過去曾收到好幾家醫院挖角，只要換到別家就行了。」

工作能幹的大人們，在經營人生時可真是從容不迫啊。也是啦，阿姨叫我從箱子出來，就是為了挑釁庸醫老頭，說不定那時兩人早已下定決心不再回醫院了。直到這時，我也才鬆了一口氣，加入兩人談論給庸醫老頭一記重拳的英勇事蹟行列。

一回到鬧區就塞車了。目的地是基地。我打算去基地見孝真和德煥，重新商議拯救薄餅的方法。距離基地一個路口時，阿姨關上了車窗。

「齊聲啊，你知道我為什麼要你向朴護理師道歉嗎？」

原來阿姨是這麼會記仇的人啊？我超討厭作戰指揮者突然變成頑固的老古板耶。那些還算值得尊敬的大人，總在關鍵時刻變成頑固的老古板，這就是問題所在。

「因為我做錯事？」

我漫不經心地回答，明顯表露出不想對話的態度。關上車窗後，噪音減少了，但從我身上散發的氣味變得更加濃烈，讓我難以忍受。

「是因為惡人相信只有自己是對的。」

「您是說我是惡人嗎？」

「你也有可能變成惡人啊，至少是在認為只有你自己對的時候。」

分不清阿姨說這番話，是因為我過去犯下的瑣碎犯罪行為，又或者是在指責從現在開始我打算做的事情的正當性。

「想要幫助薄餅的你肯定不是壞人，但另一方面，報仇也不是對的行為。你有想過為什麼自己會看見薄餅嗎？」

看見薄餅的原因？這麼一說，我的確沒有認真思考過。因為對聲音敏感？……這答案太單純，想必不是，但若說幫助薄餅是神的計畫，未免又太過崇高。真正的理由，果真存在嗎？

「在我看來，你第一次看見薄餅不過是偶然。那時你一定因為父母不相信你而傷心難過吧？小小年紀的，你肯定擔心自己也會變成薄餅，而報仇就成了你沒有變成薄餅的方法。」

是說我在潛意識之中把不相信自己、遭受冷落的薄餅與我自己畫上了等號嗎？也就是說，我一直以看待自己的方式來看待薄餅，而這也意味著，我並不是因為受到聲音的干擾才看見薄餅。

「您認為我只要停止報仇，病情就會好轉吧？」

「在你看來，不覺得是那樣嗎？」

假使報仇是展現我存在感的行為，那麼或許現在應該打住了，因為我早已知道就算不報仇也能守護存在感的方法。

「啊！你不是還在庭園見到一個薄餅嗎？你告訴她吧，存在感消失並不是她的錯。」

我在能看見Jin Study Room Café的路口前，和祕密通道逃脫作戰計畫的成員們解散了。朴護理師替我祈求好運，要我一定要成功；阿姨則是跟我握手，軟呼呼的手掌帶有厚實的力量。接著，阿姨在離開時要朴護理師把車窗全部打開，好讓味道能夠散去。她肯定是不想讓我聽見，但我全聽到了。不過，既然阿姨拿了一萬元給我要我去洗個澡，心胸寬大的我就大發慈悲，不跟她計較了。

某處傳來警車聲。啊，好吵，真想消滅那個噪音。內心的黑暗在誘惑我，但我悠然自在地走在晚霞漫天的街道上，並下定決心往後要讓內心深處填滿光明。

打開Jin Café的門進去後就看到了孝真。幸好，她看起來很健康，先前壓抑多時的心情似乎輕盈了一些。

「咦？你出來囉？不對，你穿著患者服耶。哦？這味道，你身上臭氣熏天。」

拄著拐杖走出櫃檯的孝真，連忙摀住鼻子。

「要安靜休養的人還打什麼工啊。」

「這有什麼大不了，我得趕緊起來活動活動筋骨啊。話說回來，你看起來既不像是來探姐姐我的病，還一身邋裡邋遢的樣子，是匆匆忙忙逃出來的吧。」

「我得去完成沒做完的事啊。妳幫我跟德煥聯繫，要他帶點衣服到三溫暖。」

住院時必須交出手機，所以我沒辦法跟別人聯繫。假如孝真不在咖啡廳的話，今晚八成連見面的機會都沒有。我正要走去三溫暖，孝真跟著出來並遞了一張紙條給我。

「我們小組的電話號碼。」

孝真朝我擠眉弄眼，然後就進門去了。我一打開紙條，上面寫著孝真、德煥還有喬瑟的電話號碼。我帶著紙條去了三溫暖。沖過澡後，我用三溫暖的公共電話打電話給喬瑟。一陣訊號聲後，喬瑟低沉的聲音從話筒那端傳了過來。

「是我，齊聲。」

沒有回應。是因為聽別人說與實際經歷的感受不同嗎？喬瑟應該也知道我被強制送進精神治療中心的事。在遊樂場聽到的時候，她還無法真切了解到我的病情，但現在她說不定感受到了。

「你在哪？」

「三溫暖。」

「命可真好啊，我都擔心得睡不著覺了。」

這次換我語塞了。一段時間不見，喬瑟似乎學會讓人心癢癢的對話技巧。

「我有話要說，所以才跟妳聯繫。」

「說吧。」

「我剛才領悟到，我的存在感並不是透過社會、學校或家人形成的，我是透過找出薄餅，讓我明白自己是世界上需要的人。」

「然後咧？」

「我的意思是，就算妳失去存在感，在世界上消失了，我也會再次找出妳。也就是說，妳放心消失也沒關係。」

「消失也沒關係？」

「存在感消失不是妳的錯啊。就算妳消失，我也會找出妳的。找到妳之後，我會告訴他們妳是個值得尊重的人，還有，是因為妳付出深切的關心，他們才沒有變成薄餅。」

我聽見喬瑟的呼吸聲，還有，她的啜泣聲。喬瑟的內心發出痛苦的吶喊，我屏息並保持沉默。我最擅長的就是傾聽，只能靠專長安慰他人。

「你果然……還是一樣聒噪。」

不一會兒，停止哭泣的喬瑟說道。

「妳要過來嗎？」

聽到我的話後，喬瑟遲疑了，接著像是下定決心地回答：

「不了，我現在不過去，我有要做的事。」

雖然無法立刻見到喬瑟很可惜，但我決定忍耐，因為我能猜想到，喬瑟從現在開始想做的是什麼。

「我要告訴爸媽，要他們看看我，說我也非常痛苦，其實我害怕自己會從世界上消失，害怕得要死，我要說到嗓子都啞了為止。」

靠努力獲得的關心會是暫時性的呢？又或者會喚起其他關心並延續下去呢？我總覺得會是後者。因為靠努力獲得的一切是非常珍貴的。既然我們付出了足以獲得珍貴之物的努力，相信喬瑟的努力也一定會開花結果的。

「喬瑟！喬瑟！」

「幹麼一直叫我？」

「妳真正的名字是什麼？」

在交談之前，在接近喬瑟之前，就從知道她的名字開始。我沒有錯過喬瑟在話筒那一頭輕笑的聲音。

「李知安，往後就請多指教了。」

那一刻，一個特別的名字永遠鏤刻在我心上。

拯救風波

我換上了拜託德煥放在三溫暖休息室的衣服，來到外頭，德煥已經在大廳等我了。

「聽說你逃出醫院了？看來你要正式踏上不良少年之路啦。」

「我現在金盆洗手了。我會幫助薄餅，但不會再報仇了。」

「看來你不是進醫院，而是進寺廟啊，得道成仙了。」

我和覺得我有所長進的德煥一起走向基地，孝真正在涼床上切西瓜。

「爸爸拿來的，叫我們分著吃。」

盛夏時期的西瓜十分甜。雖然香甜可口，但我們現在是悠哉吃西瓜的時候嗎？算了，就別太死板了，邊吃也能邊制定計畫的。孝真吐著西瓜籽一邊講述的故事，讓我忍不住拍擊膝蓋，心想：「不愧是我的朋友啊！」

就在我進醫院的這段時間，我的幼兒園同學們無法坐視不管，所以監視了樓上的男人。準確來說是德煥負責跟蹤，孝真則擔任指導角色。經過兩人調查，樓上的男人是無業遊民。依照他兩天內的行蹤，足以確定他並非居家辦公或自由工作者。

從樓上的男人白天在網咖打遊戲，晚上在超商吃碗杯麵配燒酒才回家的模式看來，他是在虛度日常。回家時間分別是晚間十一點和凌晨兩點，男人在兩天內並沒有提著大型行李出門，則成了薄餅還活著的唯一證據。

「他今天會幾點回來？」

「時間應該差不多吧。」

也就是說還有大約兩小時的空檔。

「我們來制定作戰計畫吧。誰有好點子？」

孝真猛然舉起手。要丟的牌趁早公開比較好。不抱太大期待地指定第一個發表者後，孝真便得意洋洋地開啟手機備忘錄。

「我可是不分日夜都在想點子呢，經過一再篩選，最後濃縮成三個。首先一號最簡單也最單純，就是叫鎖匠來開門，進去找薄餅。」

「那個之前不是說違法，所以不做了嗎？」

「那是當時，但現在情況不同了嘛。」

「情況哪裡不同？」

「我不是受傷了嗎？」

人家都說物以類聚，怎麼以自我為中心思考這點跟我這麼像？不愧是我朋友。雖然我不想再聽下去，但沒來得及勸阻，孝真就繼續嘰嘰喳喳說了下去：

「假如覺得第一個不怎麼樣，那就聽聽第二個吧。第二個方案是把長得像章魚的傢伙叫出家門。」

「怎麼做？」

「按門鈴就會出來了吧？那就跟他說要在外頭碰一下面，然後趁關上玄關門之前，把口香糖黏在門鎖上，這樣門就不會鎖起來了。趁我們把章魚那傢伙帶到公寓外頭時，抱怨大王你就進屋裡去。」

「德煥啊！能不能幫我跟孝真說，叫她別再看電影了？還有，這個計劃有多荒謬，你好好解釋給她聽，讓她聽懂。」

「好，我認可你的意見。不過最後的殺手鐧可不能小看。按下門鈴，叫出章魚那傢伙，趁德少爺抓住章魚時，我就撒下網子制服他，讓他動彈不得。接著，自大狂你就能悠哉悠哉地尋找薄餅了。」

「我只是想提個意見，如果德煥抓住章魚，章魚肯定會反抗並進行威脅，也就是說，這個作戰計畫是靠德煥的犧牲來完成的。」

「德少爺也使用技巧就行啦，他不是柔道高手嗎？」

「不行，假如我們使用暴力，情勢就會對我們不利。就算要拯救薄餅，我們也得事先考慮到擅自闖入他人家中時被逮到的情況。如果再加上暴力這一條，就和強盜沒有兩樣了。」

原本只是靜靜聽著的德煥推了推鏡框。看來不行了，該是我出馬的時候了。德煥環視我們一圈，這樣的情緒清清楚楚地寫在他的臉上。果然我們的性格都很相似。

「孝真提出的點子非常有創意。」

哎喲，我快瘋了，竟然偏袒自己喜歡的人。孝真似乎很滿意德煥的稱讚似地點點頭。真是讓人看不順眼。

「把孝真的點子做進一步發展就更好了。這次作戰的關鍵字是『外出』。首先樓上的男人必須出門，門才會打開，齊聲也才能進去救薄餅。接下來要考慮的關鍵字是『身分保密』，如果我們的臉暴露在男人面前，最後被檢舉侵入住居罪的機率就很高。避免身分暴露比什麼都重要。最後的關鍵字是『動機』，要製造男人必須待在家外頭的理由，作戰才能開始。」

孝真豎起大拇指，稱讚德煥不愧是軍師。我詢問能同時滿足三個條件的計劃是什麼之後，德煥咧嘴笑了。

「扮成消防員。」

以火災通報的名義讓樓上的男人走出家門，同時我們也就有了進入屋內的機會。消防服包括了帶有護罩的防火帽和手套，如果穿戴成套服裝，就能降低臉部被拍到和留下指紋的風險。此外，制服散發的權威性也可能讓樓上男人有壓迫感。問題在於現在要上哪去弄來防火服。

「我已經用特快配送訂購，放在貨櫃裡頭了。」

這次我也握拳並豎起了兩根大拇指。真了不起啊，柳德煥，真是模範生的範本。我一伸出手，德煥和孝真也將手交疊在上頭。現在就只差喊個加油的口號，然後按這勝券在握的氣勢直接出動就行了，偏偏這時，昌聲哥冷不防地推開屋頂的門進來。

「噢！這鬥志高昂的氣氛是怎麼回事？」

大家都悄悄地放下手。德煥為了躲避天敵，說要去拿球回來，走進了貨櫃屋。大概是因為如果他說要拿防火服，昌聲哥會刨根究底問個沒完，所以才隨口胡謅。

「球？大半夜的為什麼打球？你們現在是要去拯救薄餅嗎？對吧？」

我懷著「妳又跟他講了？」的不滿瞪著孝真，孝真的臉頰鼓得像河豚一樣，露出哭喪的表情。看來是說了。這表兄妹的關係出乎意料地好。

「我也一起去吧，不會妨礙你們的。」

昌聲哥開始用手機錄影了。剛才還說不會妨礙，結果一轉眼就變身成搗亂分子。

「好，哥，一起去吧，現在你也該見一見薄餅了。」

大聲歡呼的昌聲哥不知道是不是開了直播，只見他對著手機說：「我已經獲得允許，可以一起去見薄餅」，解釋了目前的情況。我連一笑置之的力氣都沒有，趁氣力耗盡前進了貨櫃屋。德煥在裡頭，正在往防火服的快遞箱內裝滿像皮球。

「先帶孝真出去，五分鐘後我就會跟上，你們先招好計程車待命。」

「要是帶著那個搗亂分子來，你就死定了。」

「要是帶他去，我們全都會完蛋。」

我們策劃著除掉天敵的陰謀後，走出貨櫃。德煥跟在後面，把快遞箱搬到電梯前。昌聲哥把攝影機湊近，問那是什麼時，德煥就給他看了一下橡膠球，隨口搪塞說是叔叔拜託我們搬到倉庫去。

「哥，你能幫忙搬嗎？」

德煥不動聲色地提出請求，昌聲哥嫌麻煩，立刻離箱子遠遠的。這個巧妙對策充分掌握了天敵的習性。德煥把箱子放在一樓後，又立刻回來拿了放在涼床上的西瓜。當他問該放哪裡時，孝真便要他跟著自己。孝真果然很懂得察言觀色，但問題在於，昌聲哥也眼明手快。

「停止動作！你們兩個要去哪？」

察覺到可疑的昌聲哥喊住兩人。

「哥！今天的主角、能看到薄餅的人不就在這嗎？你還擔心什麼？」

「是啊，只要我們家弟弟就行了，不需要那兩個。不過你是什麼時候出院的？」

趁著昌聲哥轉移注意力時，兩人已經悄悄下樓了。現在，只要我在五分鐘內脫身就行了。我滔滔不絕地說起從醫院逃脫時引起的騷動，然後跟昌聲哥借了手機說要打個電話。昌聲哥心想，不過是通個電話，還能怎麼樣，一臉安心地把手機遞給我。我假裝撥電話，一邊走向頂樓的角落，悄悄俯瞰樓下，一輛計程車正在咖啡廳前等著。

「哥！謝謝你。」

我一邊走向坐在涼床上的昌聲哥一邊說。

「手機呢？」

「啊！對了，手機，我講完電話後放在那裡了。」

手機就架在欄杆上，看起來隨時都可能墜落。昌聲哥絲毫沒有懷疑我是刻意放在那裡的，直喊著要是手機掉下去了怎麼辦，衝過去救手機。我沒錯過昌聲哥分心的空檔，趕緊跑向門口。後頭傳來了昌聲哥在手機和我之間舉棋不定的聲音。電梯停在一樓，要是等它上來，我可能會被抓住，於是我直接從階梯跑下樓。

剛搭上計程車，我就氣喘吁吁地追問孝真，有沒有連公寓地址都洩漏出去。坐在副駕駛座的德煥代替把枴杖移到旁邊的孝真辯解：

「她沒有說地址。」

「大家都把手機關機，他肯定會瘋狂打電話來。」

垂頭喪氣的孝真乖乖關掉手機的電源。車窗外，城市的燈光閃爍著，此時知安是跟家人在談話嗎？她能脫離薄餅的狀態嗎？又或者依然保持原狀呢？就在我陷入沉思想知安的事情時，計程車不知不覺抵達了公寓。

深夜的公寓靜寂無聲，我們先去了阿姨家，可是按了好幾次門鈴都沒動靜。難道阿姨外宿了嗎？按下密碼進入後，屋內一片漆黑。儘管我想聯繫阿姨快點回來，但手上沒有手機也沒辦法。本來打算拯救薄餅後，就麻煩阿姨報警的，但計畫從一開始就出了差錯。

「如果想避免責任被轉嫁到其他人身上，大人不介入可能比較好。」

德煥的話有道理。要是阿姨被牽扯上了，可能會因為是大人而揹負操控我們的罪名。兒童虐待事件交由我們來報警就行。我重新穩住心情，打開箱子打算取出防火服，卻發現裡面還裝了一根棒球棍。

「妳是跟棒球棍難分難捨嗎？為什麼拿這個來？」

「想說如果碰到危險的情況可以派上用場。」

這句話自動分配了每個人的角色。我是走進屋內的消防官角色，德煥是以確認火災為藉口，持續跟男人說話的角色，孝真則是扮演在防火門前站崗，見情勢不妙就手持棒球棍出場拯救世界的角色。

德煥把尺碼剛好的防火服發給我們後，大家開始換裝。孝真因為腿上打了石膏，擔心會有人要她退出作戰計畫，所以沒開口要誰幫忙，自己默默地費力把腿塞進防火服。德煥沒辦法坐視不管，趕緊穿好防火服後去幫忙孝真，我則是把防火帽調來調去，試著讓它更服貼。一戴上防火帽，不安感便突然襲來。

「我們的計畫啊，總覺得單純過了頭。我們能成功嗎？」

德煥戴著厚重的手套，拍了一下我的肩膀。

「聽說被判有罪的罪犯分成兩種：贖罪的人和後悔不夠周密的人，而後悔的人占了絕大多數。但其實他們並不是不夠周密，而是因為有變數，情況持續變來變去，導致他們無法臨機應變。我不想後悔，也不會贖罪的，不過，碰到變數時我會迅速應對，我們就先闖闖看吧。」

我們喊了在基地時沒喊的加油口號，像太空人一樣，連蹦帶跳地從阿姨家出來。我們把玄關門整個敞開後，利用樓梯爬到三樓。孝真由德煥攙扶著，而我檢查了防火門的固定裝置。本來是打算等男人追上來時把門關上，但考慮到門太重，於是放棄了這個想法。

「準備好了吧？」

德煥從口袋拿出橡膠球，遞給孝真。孝真把枴杖架在防火門上，試著揮了揮棒球棍。德煥輕輕地撫摸孝真的防火帽，露出了溫柔的微笑。

「別受傷了。」

我乾咳了一聲破壞兩人之間的氣氛，結果德煥轉頭看我，笑得很開心。孝真不明白剛才德煥是在跟她表白心意，還一直說：「不會受傷啦。」

孝真手持棒球棍躲在防火門後待命，德煥和我則是站到三〇一號前。我們沒有遵守按門鈴的禮儀，而是用拳頭砰砰撞門，直到男人出來為止。
「誰啊？」
男人大喊，猛然打開了門。
「打擾了，我們收到火災通報事件，還請您配合。」
男人一邊說「沒有發生火災啊」，一邊搔了搔側腰。儘管如此，聽到我們表示既然收到通報就必須親自確認後，滿臉不耐的男人用背部頂著玄關門，側身讓開了路。德煥對著男人問東問西，同時用側眼示意我進去。我盡可能低著頭經過男人身旁。就在我正要走進玄關時，男人抓住了我的肩膀。
「等一下！你，是幾天前報警的傢伙吧？」
有句話說，人生不會按照計畫進行——至少對我們來說是這樣的。沒想到男人的觀察力驚人，他在認出我後大聲咆哮，而在防火門後的孝真被嚇得慌了手腳，一拐一拐地跑出來。男人瞪著舉起棒球棍的孝真。
「你們這些傢伙竟然捉弄大人！放你們一馬，就以為我好欺負？」
「快進去！」
德煥大喊道，像是要與男人角力似地抓住他的腰。男人的背部撞上玄關門，門應聲敞開。

「搞什麼？還不放開我？」

遭到突襲的男人試圖拉開德煥，他把德煥往後推，也把身體轉向側邊，但德煥仍咬牙撐住，因為他知道，一旦鬆開男人的腰，計劃就會化為泡影。

現在輪到我上場了。我快速經過兩人身旁，進入屋內。我直接走向小房間並鎖上了門，卻沒有看見薄餅。為感受薄餅細微的呼吸聲，我摘下防火帽，將注意力集中在聽覺上，什麼聲音都沒聽見。拜託發出點動靜吧，我迫切地祈禱著。

我再次閉上眼。我擔心自己的呼吸聲會妨礙聽覺，因此憋住呼吸，豎起耳朵細聽。還是沒有聲音。雪上加霜的是，男人在玄關高聲大喊：

「這些小兔崽子！你們又跑來找孩子吧？我就說沒有孩子了！」

男人用拳頭捶打德煥背部的聲音清楚地傳了過來。雖然我很希望自己能替他挨揍，但我有自己的任務。

整理一下思緒吧。為什麼沒有看見薄餅？是因為他處於第三階段？不對，連聲音都聽不見，就表示他隱藏了自己的存在。薄餅肯定很習慣無聲無息的生活。為什麼？為了不讓那男人發現。

先前我們來過之後，男人肯定來小房間找過薄餅；因為沒看到人，他肯定會用手到處摸，想感知薄餅的形體，而薄餅肯定也覺得小房間再也不安全了。那麼，他會躲到哪裡？

我走出小房間，環視周圍一圈。薄餅有很高的機率脫離了男人的活動半徑。主臥室、廁所、廚房、客廳、玄關，都是男人隨時會使用的空間，不常用的就只有儲物間。

我走到儲物間，發現窗戶是開著的。微風拂過的瞬間，隱約感覺到有股動靜。因為有陌生人來訪，薄餅抬起了頭。我脫下手套，彎下膝蓋。薄餅稍微挪了一下身體，而我隨著那極為細微的聲音靜靜地伸出了手。在陽台的角落傳來「**嗚**」的微弱抽泣聲，同時我的手碰到了薄餅的手。

終於找到薄餅了。當我專注在薄餅的聲音上頭時，其他噪音便逐漸往後退去。我憑著感覺，朝薄餅可能身處的位置輕拍了一下，然後輕柔地抱住了薄餅，小小的身軀感覺很溫暖。

「你很害怕吧？我帶你到安全的地方。」

我對薄餅說，對不起，現在才來找你，先前你躲躲藏藏不敢吭聲，一定很辛苦吧，現在我們一起離開這個冷冰冰的儲物間吧。

自尊是展現有多信任自己與他人的指標。薄餅出自本能地感受到，不再逃避自己，才是真正保護自己免於危險的途徑，於是逐漸顯露出形體。眼前隱約出現了一個小女孩的輪廓。

我小心翼翼地揹起薄餅，手心裡能感覺到的就只有骨頭。輕輕撫摸那瘦弱的身軀，我所感受到的情緒不是正義感，也不是憐憫，而是身為人類所感受到的悲慘。男人是虐待了多長的時間？孩子被虐待了多長時間？悲慘的感受轉為憤怒，我的手也不自覺地使力。彷彿下一秒就會碎裂的薄餅，慢慢地將身體靠向我的背部。

揹著薄餅來到玄關前，我看見德煥抱住男人的腰，被男人痛毆了一頓。防火服約有一半脫落，防火帽則是滾落在地上。在走廊的盡頭，孝真緊咬著嘴唇哭泣。因為不能使用暴力，她無法出手相救，只能眼睜睜地看德煥挨打，以致心中的委屈與不忍頓時湧了上來。

「你這小鬼，在我家做什麼？」

男人發現我之後大吼道。德煥扭過頭，抬頭望向我，看到我好像揹著誰的姿勢後，他用眼神詢問我：「找到薄餅了嗎？」我使勁點了點頭。

我揹著薄餅走出屋外時，男人一邊破口大罵一邊扭腰掙扎，朝我伸出了手。雖然男人看不見薄餅，但看到我的姿勢，想必大致預想到此時發生了什麼事。德煥抓住男人猛力伸過來的手，制止了他，我則是趁這時揹著孩子跑向走廊盡頭。孝真用握著橡膠球的左手擦去眼淚。

「成功了嗎？」

「嗯，成功了。」

「太好了。」

孝真一邊啜泣一邊說道。直到我完全下樓，孝真才用拳頭猛地撞了一下防火門。她是在打訊號給德煥，要他回來。「嘰」的一聲，是門關上的聲音，但孝真似乎事先用棒球棍抵住了防火門。不知道德煥是不是推了男人一把，先是聽見輕微的「砰」，然後是在走廊上奔跑的腳步聲。隨後，防火門「哐」的一聲關上了。

「抱住我。」

「什麼？」

先是聽到孝真驚呼一聲，隨即又聽見棒球棍被丟在地上的聲音。

「快點！沒時間攙扶妳了。」

揹著肌肉結實的少女走下階梯，跟揹著輕盈的薄餅是不一樣的，那就等同一份從階梯滾下後一起上西天的合約。因此，如果不想摔倒，德煥就只能用「公主抱」的方式抱起孝真。

「嘿咻！」「呃！」兩人的聲音交替傳來，還有慎重邁出的步伐讓我的神經緊繃。速度太慢了，已經聽到防火門打開的聲音了。這會我已經進入阿姨家中，讓薄餅坐在客廳沙發上，也把玄關門的固定鎖給解開了。接著，我在家門口焦躁地等待德煥和孝真。

當兩人的身影終於出現在走廊上時，男人也一臉氣急敗壞地緊追在後頭。就在男人的手快要碰到德煥肩膀的那一刻，橡膠球從正面飛向了男人的臉。被孝真投出的橡膠球連擊兩次臉之後，男人的動作變得遲疑，速度慢了下來。橡膠球在地上咚咚彈跳，呼吸急促的德煥用盡剩下的力氣衝向玄關門。

就在德煥以滑壘進球之姿進門的同時，我也迅速關上了門，可是門卻關不起來，因為男人以些微的差距把腳塞了進來。儘管我使勁地拉住把手，用全身的力量阻止他進來，但憑我的力量根本不夠。玄關門猛然敞開，孝真連續丟出橡膠球，卻被男人抓住手腕，就在我打算去幫忙時，卻因為踩到橡膠球而失去身體重心。

韌性強、能自行擺脫危機的孝真，以在跆拳道場學到的防身術，從男人的手中奪回自由，可是因為腳上打了石膏，她沒能進一步閃躲，隨即被男人扯住頭髮。

「你！竟敢！隨便！抓她！」

德煥憤怒地大吼並衝過來，用柔道防禦技巧擊落了男人的手，男人因此鬆開孝真的頭髮，身體跟著晃了一下。德煥不留給他反應的餘地，右腳往男子的左腳來記深勾，隨即做出推擠動作，另一隻腳順勢跟進，給男人一記過肩摔。男人被重重地摔在地上，那攻擊力道之猛烈，光是在一旁觀看也覺得不寒而慄。德煥似乎怒火未消，催促男人快點起來，但從男人痛苦呻吟的模樣看來，要馬上起身恐怕不容易。

趁男人回神之前趕緊關上了門。這時孝真才彷彿緩解緊張，以大字形躺在客廳地板上，德煥也啪的一聲跌坐在地上，接著像是暈過去似地躺在孝真身旁。孝真轉過頭注視著德煥。儘管不停喘著氣，但德煥仍反覆說著：「我沒事、沒事。」他知道孝真會問他有沒有事，所以事先回答她。德少爺真是有點帥啊。

「剛才被打得好慘，你還忍得住嗎？」

「這攸關薄餅的性命啊，也只能忍耐了。」

德煥爬起身坐著。

「不過不是說不能用暴力嗎？剛才那過肩摔是怎麼回事？」

「那算是正當防衛。」

德煥回答的同時，玄關傳來踹門聲。男人似乎已經起身，一副要把門給砸碎似地猛踹，還歇斯底里地大吼：「立刻給我出來！」

「薄餅呢？」

我摸了摸半躺在沙發上的薄餅的頭，德煥和孝真將目光集中在我的手上，看來他們還看不見薄餅。只要薄餅開口講話，形體就會隨著存在感顯現出來，但她看起來就連開口的力氣都沒有。

即便想報警，如果薄餅沒有在警察抵達前現形，情況就會變得尷尬，也無法讓警察理解為什麼我們要擅自闖入樓上住家。讓薄餅進食也很危險。畢竟長時間沒有吃東西了，所以無法隨便給她食物。

德煥推了推眼鏡，目不轉睛地盯著前方。他就像找出孝真時一樣，努力想要辨識出薄餅，但德煥的視力如今已不比從前了，還不如交由孝真來看呢。

孝真沒有用看的，而是閉上了眼。只見她的鼻翼微微翕動，認真嗅個不停。上次她用在知安身上卻慘遭失敗的技巧，現在又拿來在單戀自己的男生面前重演一遍。我心想德煥這下應該幻想破滅了，但轉頭一看，卻發現他依然用愛慕的眼神望著孝真。所謂「被愛情蒙蔽了雙眼」，想必就是用在這種時候吧。

到處嗅來嗅去的孝真逐漸靠近沙發。她持續在沙發附近聞氣味，接著在某一刻猛然睜開了眼睛。

「這裡有孩子的味道。」

孝真確認薄餅身上的味道後，薄餅原本透明的身體開始模糊地顯現出來。孝真看著在自己眼前現身的薄餅，發出了「啊！」的感嘆聲。她沒說別的，只是像注視美麗的寶物似地凝視著薄餅。

或許薄餅能顯現出模糊的形體，是因為聽見了「孩子」這兩個字。人會出於本能地盼望自己無法擁有的東西，而當願望實現時，自信就會隨著滿足感上升。薄餅想要擁有的，會不會是把自己當成孩子般保護的某個人，以及認定自己具有被愛的價值？

「跟妳說喔，妳充分有資格被愛。」

薄餅抬起頭與我對視。我說的話是發自真心的。薄餅非常堅強地在令人不快與孤立的世界熬過來了，而那是源自於她與生俱來的特質；是那顆堅韌不拔的心，讓她的生命延續到現在。

「我也這麼想，妳是非常珍貴的人，妳身上的味道很好聞，聲音肯定也很好聽。」

孝真在一旁幫腔，而德煥也掌握氣氛，加入了幫助薄餅清楚現形的說服行列。過去發生的事不是妳的錯，我們會保護妳的。我們不斷地說給她聽。薄餅眨了眨眼，靜靜地聽我們說話。就算今晚熬夜不睡覺也無妨，我們會堅持不懈，直到聲音沙啞為止。

「請問您是誰？」

這時，踢門聲與阿姨的聲音重疊在一起，隨後還傳來了砰砰作響的奔跑聲。

「您又是誰？」

「我是齊聲朋友的表哥。」

一聽見昌聲哥的聲音，我們三個人都忍不住苦笑。相較於好奇他是怎麼找來的，我們反而覺得如果是昌聲哥，他一定會想盡各種辦法找上門。

「不過，您現在是在錄影嗎？」

「啊，對。」

「呵！真是的，您是住三〇一號的吧？為什麼踢別人家的門？」

男人語焉不詳地含糊解釋，但突然惱羞成怒，跟阿姨起了口角，甚至還露骨地威脅阿姨開門。門外傳來阿姨打電話報警的聲音。堅持直到警察來之前都不開門的阿姨，以及執意要立刻進來的男人之間，昌聲哥的聲音插了進來。

「阿姨，我看我表妹跟齊聲好像都在裡面。從這場騷動看來，說不定有人受了傷，既然有我在，警察也馬上就會抵達，您先進去看看可能比較好。」

照這情勢看來，玄關門馬上就會打開了。我們真的能保護目前還沒完全現形的薄餅嗎？還來不及制定對策，玄關門就突然開啟，大人們蜂擁進了門。

阿姨看到齊聚在客廳的我們，意識到男人的話屬實的那一刻，昌聲哥將手機對準我們圍住的沙發，薄餅的輪廓逐漸成形，全身變得清晰可見。因為太過驚訝，所有人都張大了嘴。

「爸爸好壞，哥哥姐姐們說我很珍貴，可是爸爸卻叫我去死。爸爸不可以說這麼壞的話，我才不要死。」

一個嬌小瘦弱的孩子看向樓上的男人，用顫抖卻清楚的聲音，一字一字地說了出來。

公寓外頭傳來警車的鳴笛聲。

後記

「起床啦？要吃飯嗎？」

媽媽一手拿著遙控器，另一手拿著手機，正在客廳收看電視購物頻道。她嘴上是對著我講話，但視線卻牢牢地盯著電視購物頻道主持人手上的化妝品。主持人把乳霜塗抹在自己的兩頰上，宣稱經過自己親身測試，使用這款產品能立即看到拉提效果。

「只要媽媽擦了就能看起來年輕十歲吧？價格也很便宜，可以六個月免利息分期付款，如果用了免費試用品之後不適合皮膚，還可以退款。」

看著媽媽眼角滿滿的魚尾紋，我有點猶豫該不該告訴媽媽真相。要是聽到真相，媽媽少說會在床上躺上三天，也不會替我準備三餐。

我沒有單刀直入地說就算塗抹再多乳霜，別說是年輕十歲，年輕十天也不可能，而是拐個彎說：

「昨天送來的包裹不也是乳霜嗎？」

「那個是夜用的，這個是拉提的，成分不一樣啊。這個成分可以讓真皮層恢復彈性……」

被購物頻道主持人洗腦三十分鐘後，媽媽現在也能倒背如流了。媽媽目前正在為自己找訂購商品的正當理由，這是成癮者經常發生的現象。從昨天送到的包裹連包裝都還沒拆的情況看來，媽媽屬於重度購物成癮症患者。算了，無所謂，媽媽得靠這種方式來緩解我所造成的壓力。

救出遭受虐待的薄餅的那天晚上，警察逮捕男人後，我們也並肩坐上了警車的後座，罪名是侵入住居罪、冒充公務員罪以及傷害罪。我們伸張正義，他們卻說要懲罰我們，心中大喊冤枉，但辯解也不管用。再加上我擅自逃出醫院的事實曝光後，情勢就更加不利了。

經過我們的父母被叫到警局，找來律師與樓上的男人達成和解，懇求從寬發落的一連串周折後，我們才總算被釋放。考慮到我們是初犯，以及擅自闖入的動機是出自拯救受虐兒童的善意，因此只受到訓誡，但負責的警察依然再三告誡，要我們別再闖禍。

孝真被叔叔揪著耳朵回家去了。一邊喊疼，一邊裝模作樣地央求「輕一點、輕一點」的孝真，在和我對視時用手指比出了V字，意思是要我別擔心她。德煥的父母說以後不能再有進出警局這種晦氣的事，往德煥身上灑了粗鹽驅除霉運，還給了他一塊豆腐，讓他有個全新的開始。直到身為模範生的德煥大口吃完比拳頭還要大的豆腐之後，才總算脫離了爸媽的嘮叨。你問我怎麼樣了？只能說是接連發生了意料之中與意料之外的事。

預料之中的事，是爸爸的怒火猶如一座活火山般噴發了。一見到我，爸爸的口中便噴湧出如岩漿般滾燙的話，以致我的鬥志被融得面目全非。我必須遵照爸爸的意思立刻回到醫院，花上一整個學期接受治療，之後再到美國東部的某個地方去留學。但即便在情緒大爆炸的當下，爸爸仍意識到美國的醫療費非同小可，所以叫我治療完再出國。

總之，我的未來非但沒有變得穩固，還糊成一團亂泥，眼見就要分崩離析了。無論是辯解或要求從輕發落，都被火山灰澈底掩埋了。這時卻引起了媽媽意想不到的地殼變動。媽媽憤然起身，把婚戒從手上取下，狠狠地丟進了爸爸和我之間早已出現的裂痕中。

「你沒有資格把我們兒子送去美國！如果你要獨斷獨行，就立刻離婚！」

面對媽媽果斷的魄力，爸爸難掩臉上的驚慌，愣愣地注視著媽媽，而我也不例外。即便爸爸犯下無數過錯，媽媽也不曾率先開口說要離婚。過去我之所以能直截了斷地問爸媽是否要離婚，也是因為我明白媽媽的性格。

可是，現在卻因為我要離婚？不，竟然是要為了我離婚？這話已經超越震驚的程度，甚至讓我肅然起敬。

爸爸失去了毫無表情的撲克臉，張著嘴啞口無言之際，媽媽果斷地抓住我的手，帶著我坐上計程車。獨自被留下的爸爸，那天並沒有回家，隔天也沒有，到現在已經過了一個月。雖然三天後收到了爸爸到國外長期出差的消息，可是，由於爸爸一聲不響地失去聯繫，今天媽媽也只能靠著電視購物來紓解內心的鬱悶與壓力。

身形逐漸變成一隻巨大河馬的媽媽，在介紹完商品後等著我的反應，並投來「怎麼樣？這樣應該可以買了吧？」的眼神。這個過程無疑是在自我辯解，就算我反對也不會改變什麼。與其反對，還不如順著她的話，讓彼此的心情都好過才是互利互惠。

「如果有那麼夢幻的成分，買了應該比較好吧。」

得到我的同意後，媽媽這才面露微笑，用手機申請諮詢。既然已經打定主意要買，直接自動下單就行了，但媽媽特意選擇人工客服，並不是因為她是個想要確認產品是否有缺陷的理性消費者，而是因為她把客服人員當成了談天對象。媽媽只是想聽到，當她對產品效果表示疑問時，客服人員會用親切的口吻說出具有資訊性並富有共鳴的話。應該說那是媽媽的興趣嗎？還是該說是她太孤單了？又或者是訂購商品前的一種儀式之類的？總之，因為跟兩個話不投機的人住在一起，向來渴望對話的媽媽才會經常做出這種事。

洗完澡出來後，媽媽似乎已經跟客服人員通完電話，正在切洋蔥。媽媽不停用手擦拭眼角，導致周圍都發紅了。媽媽調配著沙拉醬，渾圓的大屁股也跟著忙碌擺動，那背影看起來就像卯足全力扛著全世界的巨人，讓我突然有點想哭。

上一次媽媽笑得開懷是什麼時候呢？

我努力想要找到完全想不起來的記憶，同時對媽媽表達關心。

「您買了拉提乳霜嗎？」

「沒買。」

「為什麼？抹了之後應該可以年輕十歲呀。」

我說出了違心之論。表面上媽媽在聽我說話，思緒卻好像飄到別的地方，然後她彷彿突然想起什麼似地說：

「感覺沒什麼意義。」

啊！本來應該在爸爸面前打扮得漂漂亮亮，可是當事人離家出走，所以就沒此必要了嗎？我為過去導致夫妻關係破裂，卻還天真地因為他們為了我離婚而感到欣喜的自己感到羞愧。本來就很不孝了，現在是不是應該正式戴上不肖子的徽章？

「以後我會從根本去改變，我打算重拾芭蕾。」

「怎麼這麼突然？」

「不是突如其來的決定，是這幾天跟阿姨商量的結果，阿姨也說自己因為膽固醇數值太高需要運動，我們打算一起練。」

「您打算減重嗎？」

不管是媽媽、阿姨，甚至是幫傭阿姨，她們圓潤的身形反而更顯可愛，所以我有點惋惜。

「能瘦下來是最好啦，不過目的是為了健康。別看媽媽這樣，大學時是主修芭蕾哦？現在胖得像隻河馬，但又怎麼樣？我打算用有趣的方式鍛鍊體力，也回味一下昔日的輝煌時光。」

看來媽媽終於找到了愛自己的方法，就是不受他人目光的束縛，去做自己想做的事。媽媽很適合這種理直氣壯的模樣。我得趕緊把這件事告訴爸爸，但爸爸現在究竟在哪，又在做些什麼呢？還在氣頭上嗎？家人就是大家一起吃頓熱騰騰的飯，內心的疙瘩就會化解開來的種族啊，看來爸爸到現在連這種道理都不明白。

這時，我聽見了玄關門開啟的聲音。一大束鮮花大步大步走進客廳，而臉藏在花束後頭的人是爸爸。爸爸害羞地把頗具分量的花束遞給媽媽。這是和解的象徵？又或者因為扔掉了結婚戒指，所以希望媽媽再次接受他的第二次求婚？

「老婆！結婚紀念日快樂。」

啊！這也太天外飛來一筆了。早說今天是結婚紀念日嘛，那我就會買一百個能年輕十歲的乳霜送給媽媽了。

爸爸做出的肉麻和解舉動奏效了，媽媽收下花束後笑得很開心。俗話說，夫妻吵架猶如以刀劈水，這句話說得一點都沒錯。說不定兩人一直保持聯繫，只是我不知道而已。讓媽媽露出燦爛笑容的是爸爸，讓爸爸發火的人是我。爸爸瞅了我一眼。

「你知道今天是爸媽的結婚紀念日吧？」

雖然我連今天是幾號都不太清楚，我還是先裝作知道。

「當然知道囉，我正打算祝賀呢。媽媽！結婚紀念日快樂。」

「不要只會出一張嘴，你去買點禮物，晚上再回來。我會把預約好的餐廳資料傳給你，直接去那邊就行了。」

爸爸把信用卡遞給我。如果是國文程度不好的人，就無法聽懂爸爸的言下之意，但我的國文分數可是很不錯的，所以我馬上就出門了。至少爸爸不是叫我去醫院或美國，為了促進爸媽的感情，這點小事我還是做得到的。

我慢慢走向經常光顧的美容院。吹著泡泡糖的美容院姐姐看到我之後露出喜色。

「齊聲！你變成名人了。」

「哎喲，我哪是什麼名人。」

「來美容院的客人們都在談你的事。你竟然能看得見薄餅，真是了不起，聽說電影製作公司還邀請你演出？是真的嗎？」

姐姐一邊替我圍上理髮斗篷一邊問。我不知道該怎麼作答，只露出含糊的笑容。

昌聲哥把那天薄餅現形的感人場面拍下後，上傳到YouTube。雖然我們甩掉了他，但他知道我們是要去拯救薄餅，便搭計程車追了上來。昌聲哥生動地捕捉到了從未受到世人關注的薄餅鼓起勇氣現身的瞬間，而這個世界也才意識到，原來被冷落的人就在你我身旁。

勇敢救出孩子的學生們、戲劇性登場的警察，以及透明的身體轉變成鮮明色彩、自行現形的薄餅，再加上昌聲哥為影片添加上前因後果，很快就刷新了YouTube全部的紀錄，衝上第一名寶座。

受到YouTube點擊數的鼓舞，昌聲哥還編輯了影片上傳到TikTok，並寄給電視台。多虧他，從網漫到紀錄片演出，各種邀約確實在短時間內蜂擁而至。

自從採訪我們的新聞節目播出後，孝真成了「Girl Crush」的代名詞，德煥則是因為抱起打石膏的孝真奔跑而獲得了黑騎士的稱號。許多人都認為兩人不只是朋友關係，而他們似乎也不排斥大家如此看待。

昌聲哥以影片創作者的身分接受採訪，解釋了當時緊急的狀況。由於他每天都會重覆播放訪談影片，一度被我們取笑。或許是因為昌聲哥無法忘懷這短暫的榮耀吧。因為儘管薄餅的影片創下驚人的觀看紀錄，但之後上傳的其他內容卻成績慘淡。之前德煥不就說過了嗎？如果想要內容大獲成功，就必須有讓人耳目一新的點子。最近昌聲哥深受惡評之擾，要他別再消費薄餅了。

我在節目上公開自己因為聽覺敏感正在接受治療的事。反正個資遲早會被挖出來，要是之後醫院的診療紀錄曝光，可能會讓薄餅的存在看起來像是一場謊言，因此我帶著打預防針的想法率先公開了。

但出乎意料的是，很多人並不把我的病視為缺點，反而對我讚譽有加，還有人稱讚我在節目上說話很有條理。我的口才算是不錯，得到這種稱讚也不意外。有趣的是，爸爸還在臉書上發文說，兒子繼承了他的好口才。這樣一來，我也暫時不必證明自己是個無足輕重的兒子了。

當然了，並不是每件事都有圓滿的結局。

影片公開後，關於薄餅，至今仍看不到解決方案。至於是否該承認薄餅的存在，世人展開激烈的辯論。有人就算親眼看到了仍無法相信，也有人認為就算看不到也不能坐視不管。大家彷彿都忘記了薄餅也是人，是我們的鄰居，爭論不斷延燒。只不過大家都認同一點：沒有人應該變成薄餅。

薄餅最初是由冷落自己的周遭環境塑造出來的。一旦被世界冷落，許多人就會失去自尊，以致最後失去了向世界展露身影的勇氣。他們就這樣選擇自我孤立，失去守護自己的力量，最終在薄餅的不同階段徘徊。

儘管我們每天努力守護自己，卻仍會碰上壓抑多時的寂寥不受控地傾巢而出的時候。碰到那樣的日子，無論再強悍的人，身影也會忽隱忽現，而這時需要的，就是有人伸手抓住自己，與自己一同凝視不知該何去何從的茫然。

任何人都可能成為薄餅，同樣的，任何人也都能幫助薄餅。只要不忘記這個前提，就算形體消失不見，仍能在彼此信任、尊重中逐漸恢復。如此一來，就等於成功一半了。

從警局回來的隔天，知安傳達了自己脫離薄餅狀態的消息。她說自己把過去被爸媽冷落而備受孤單的情緒，毫無保留地告訴家人們，而爸媽也請求知安原諒。知安發揮了她木訥不解風情的特長，甚至對面臨大學入學考試的姊姊拋出直球：「我替姊姊加油，但老實說妳的聲樂實力真的不怎麼樣。」所以現在她姊姊很認真地在考慮未來的方向。至於老么，最近只要在客廳蹦蹦跳跳就會被知安嘮叨一頓。既然老么都已經喊二姊「巫婆」了，往後知安應該不會再變成薄餅了。

「齊聲，都弄好了。」

聽到美容院姐姐的聲音後，我睜開了緊閉的雙眼，鏡子裡坐著一個陌生的少年。

「呃啊啊啊！」

「怎麼了、怎麼了？你不喜歡嗎？這可是最近最吃香的髮型耶。」

美容院姐姐一臉尷尬。

「不是因為髮型啦。」

「不然有什麼問題？」

「是因為我太帥了。我剛好有重要的約，謝謝妳。」

美容院姐姐再次吹起了口香糖泡泡。

「看起來就像個名人呢。」

「姐姐，一個月後也要把我當成名人喔。」

美容院姐姐鼓起臉頰，「嗒」的一聲弄破了泡泡。姐姐似乎也知道人們的關注不會那麼持久。

走出美容院後，我走在烈陽當空的街上，朝著大學附屬醫院走去。醫院裡有因為營養失調住院的希願。新聞上主要稱呼希願為「最早被發現的薄餅」或是「被父母虐待的孩子」，但對我們來說她就只是愛笑的希願罷了。

根據搜查結果，鄰居們都不知道希願住在三〇一號室。從比現在更小的時候，每次搬家，希願都會被威脅不准發出任何聲音，甚至還接受了不能走出家門的訓練，所以希願已經很習慣過著形同死去的生活。

樓上的男人被拘留，正在等待接受審判。生下希願的母親也是虐待的共犯，如今正在進行調查。在一場夫妻爭吵中，希願的母親用刀子在樓上男人的下巴留下傷痕，為了躲避家暴而逃走。儘管現在行蹤不明，但光是對希願不聞不問、對一切坐視不管，就已經是罪大惡極，無論是以何種形式，她都必須付出代價。

在分享調查結果的採訪團隊面前，孝真忍不住放聲大哭，當她聽到希願甚至沒有報戶口時，更是因為哭得太厲害，只能中斷訪談。希願沒有真正的名字，只能透過身高和體重來大致推測年齡，但又因為長期營養失調，所以測量數據不太準確，還有，往後她永遠都無法知道自己的生日，這些都教人心痛不已。

提議要替希願取名字的人是德煥。當孝真稱讚德少爺不愧是我們隊伍的軍師時，我取笑她：「對我們隊伍中成績排名最後面的人來說，任何人看起來都像是軍師」，結果背部被她狠狠賞了一記。我藉由自己的犧牲，讓孝真恢復活力，畢竟她為了穩定情緒而吃了一番苦頭，這次我就再放她一馬吧。

我們花上半天時間腦力激盪，決定把名字取為「希願」。「希願」的含意是希望某件事能實現或達成。我們希望她的心中能充滿未來會一切順利的信念，甚至還替她舉辦了授予名字儀式，幸好希願也很滿意這個名字。儘管等到希願的身體健康恢復後，還會與兒童福利機構討論並另取名字。在那之前，我們決定替她創造並實現滿滿的心願，讓她再也不會變成薄餅。

我的夥伴們就站在醫院正門口。孝真戴著寫有「生日快樂」的王冠，手上拿著五顏六色的氦氣球，還有德煥，一看就知道是把尖帽硬戴在頭上，他正左右為難地捧著一個巨大的禮物箱。至於新加入的成員知安，則是戴著蛋糕造型的眼鏡，一手捧著蛋糕，另一手拿著要讓我戴上的搞怪道具。

看著夥伴們的樣子，我瞬間萌生了想轉頭逃跑的衝動，但我不會做出毀掉生日派對的舉動，因此我能做的，就是盡可能滿面笑容地走向好友們。

今天是希願的第一個生日，也是為在世上遇見的薄餅助陣加油的第一天。

作者的話

《碎片少年》這部小說，是始於沒有存在感的「我」的煩惱。我是在大一的時候初次聽到有人說我沒有存在感。這句話是對我告白的男生說的，所以當時受到了很大的衝擊。假如就連喜歡我的人都這樣，那其他人又是怎麼想的？

仔細回想，我多少能理解那人說的話。我基本上不怎麼開口，也不善於跟大家相處。我是個內向的人，所以在職場生活中經常會想：「果然我很缺乏存在感。」

至今我依然追求存在感嗎？當我思索這問題時，卻發現不是這樣。隨著年歲的增長，我學到了無論是再光鮮亮麗的社交達人，也可能轉眼間就失去存在感。人是每分每秒都在品嘗孤獨的存在，因此任何人的存在都可能隨著情況變得搖搖欲墜。如今我明白了，在碰到那種情況之前，建立能迅速振作的自尊，要比那強上一百倍。

但願往後還有漫長旅途的讀者們能透過此書找到些什麼。就算不是關於「就算沒存在感也不是壞事」這樣的事實，或者「至少要守護自尊」的深奧哲學也都無妨。能感受足以忘卻此時煩惱的樂趣就足夠了。若是能進一步從此書中找到解決煩惱的線索，無疑是錦上添花；如果能產生要守護周圍被冷落的人的想法，那就再好不過。不管是什麼，希望這本書能幫助我的讀者們，朝著驚奇世界的更深處探入。

我要向幫助《碎片少年》問世的Wisdom House相關人士與評審委員們致謝，特別是鄭智慧編輯從頭到尾給予正面回饋、給我力量，她的善良令人讚賞。因為有父母、手足、好友們，以及默默在背後支持的人，我才沒有從世界上消失。我想成為能溫暖報答這份愛的人。

最後，我想傳達此刻既興奮又緊張的心情。我的讀者，感謝您閱讀《碎片少年》。希望您讀得愉快，未來的旅程有幸福相伴！

二〇二三年秋，金善美

【Echo】MO0090

碎片少年

作　　者❖金善美
譯　　者❖簡郁璇
封面設計❖吳佳璘
內頁排版❖HAMI
總 編 輯❖郭寶秀
編　　輯❖江品萱
行銷企劃❖力宏勳

事業群總經理❖謝至平
發 行 人❖何飛鵬
出　　版❖馬可孛羅文化
台北市南港區昆陽街16號4樓
電話：(886)2-25000888
發　　行❖英屬蓋曼群島商家庭傳媒股份有限公司城邦分公司
台北市南港區昆陽街16號8樓
客服服務專線：(886)2-25007718；25007719
24小時傳真專線：(886)2-25001990；25001991
服務時間：週一至週五9:00～12:00；13:00～17:00
劃撥帳號：19863813 戶名：書虫股份有限公司
讀者服務信箱：service@readingclub.com.tw
香港發行所城邦（香港）出版集團有限公司
香港九龍土瓜灣土瓜灣道86號順聯工業大廈6樓A室
電話：(852)25086231　傳真：(852)25789337
E-mail：hkcite@biznetvigator.com
馬新發行所城邦（馬新）出版集團【Cite (M) Sdn. Bhd.(458372U)】
41, Jalan Radin Anum, Bandar Baru Seri Petaling,
57000 Kuala Lumpur, Malaysia
電話：(603)90563833　傳真：(603)90576622
Email：services@cite.my
輸出印刷❖前進彩藝有限公司
初版一刷❖2025年09月
定　　價❖360元
定　　價❖252元（電子書）

ISBN 978-626-7747-22-3（平裝）
EISBN 978-626-7747-21-6（EPUB）

城邦讀書花園
www.cite.com.tw

國家圖書館出版品預行編目(CIP)資料

碎片少年／金善美著；簡郁璇譯. -- 初版.
-- 台北市：馬可孛羅文化出版：英屬蓋曼群島商家庭傳媒股份有限公司城邦分公司發行,
2025.09
面；　公分. --（Echo；MO0090）
譯自：비스킷
ISBN 978-626-7747-22-3（平裝）
862.57　　114011143